中国科幻精品屋系列⑥

金涛 总策划

峡谷幽灵

饶忠华 主编

科学普及出版社
·北京·

图书在版编目（CIP）数据

峡谷幽灵 / 饶忠华主编．—北京：科学普及出版社，2018.3
（中国科幻精品屋系列）
ISBN 978-7-110-09299-6

Ⅰ．①峡… Ⅱ．①饶… Ⅲ．①科学幻想小说－小说集－中国－当代 Ⅳ．① I247.7

中国版本图书馆 CIP 数据核字（2016）第 026659 号

策划编辑 徐扬科
责任编辑 沈国峰
装帧设计 青鸟意讯艺术设计
插　　图 范国静　赵连花　郭　芳　刘小匣　刘　正
责任校对 孟华英
责任印制 徐　飞

出　　版 科学普及出版社
发　　行 中国科学技术出版社发行部
地　　址 北京市海淀区中关村南大街 16 号
邮　　编 100081
发行电话 010-63583170
传　　真 010-62173081
网　　址 http://www.cspbooks.com.cn

开　　本 710mm×1000mm　1/16
字　　数 180 千字
印　　张 13.5
版　　次 2018 年 3 月第 1 版
印　　次 2018 年 3 月第 1 次印刷
印　　刷 北京盛通印刷股份有限公司

书　　号 ISBN 978-7-110-09299-6/I・521
定　　价 35.00 元

序

世界上有很多人会做奇怪的梦，他们的梦又奇妙，又好玩。

在梦中，他们乘坐宇宙飞船，冲出大气层，飞上月球，飞向遥远的星座，甚至在银河的小行星上盖了房子，建了许多工厂和雄伟的城市。但是他们很快遇到了麻烦，宇宙大爆炸的冲击波毁灭了他们的家园，于是劫后的幸存者驾着飞船，成为孤独的漂泊者。

在梦中，他们像鱼儿一样潜入海洋，在深深的海底开采矿床，建造海底城市，也建成了海军基地和强大的舰队。正当他们雄心勃勃地扩张地盘、争夺海底富饶的钻石矿时，一场可怕的大地震爆发了，于是山崩地裂，海水沸腾，谁能逃过这场浩劫呢？

在梦中，他们进入了很深的地底下，居然发现地球内部还有一个世外“桃花源”，芳草鲜美，落英缤纷。那里的人像袋鼠一样跳跃走路，住在黑暗的洞穴里，有嘴却不会说话，只能用双手比画几下进行对话，如同人类聋哑人的“手语”，据说这是在地层高压下长期进化的结果。遗传学家考察后发现，这些地底下的聋哑人竟然和我们有相同的基因。

在梦中，机器人部队排成战列，每个机器人士兵都拿着激光枪和锋利的光子匕首，向着古老的城堡发起进攻，那是外星人盘踞的城堡，他们也不甘示弱，从城堡的枪眼里喷出的高温毒液，形成一片炽热的火海……

当然，还有很多梦，既稀奇又令人兴奋。比如：许多可怕的至今无法治愈的疾病，终于找到了特效药；分子型的微型机器人医生从血管、从食道进入人体的内脏，清除病灶、消灭隐患，创造了一个个生命奇迹。

还有很多很多，都是科学技术的新发明带来的惊人变化、创造的一个个人间奇迹，不用一一列举了。

这些梦，看似异想天开、玄妙荒诞，却也令人震撼、趣味无穷，它们写成小说就是科学幻想小说（也称科学小说），拍成电影就是脍炙人口的科幻电影。我相信，这是你们最喜欢的。

摆在你们面前的这部“中国科幻精品屋系列”，就是我国100多年来科幻小说的集中展示.它是由几代科幻作家，在不同历史时期，伴随科学技术的进步而创作的，也从一个层面反映了科幻小说家对于科学技术发明的殷切期望和美好向往。这里面多是描写科学技术的进步给人类带来的福祉，也有对科学技术成果滥用的忧虑。

这套书有一个很突出的特点：2000多篇作品，2000多个故事，时间跨度100多年，是按时间顺序编排的。阿拉伯文学中的经典作品叫作《一千零一夜》，这套“中国科幻精品屋系列”可以称作中国科幻的“一千零一夜”了。

这种分类方法一个很突出的特点，是可以很清晰地看到，中国科幻小说的题材与现当代科学技术的发明和传播相互之间密不可分的关系。这也说明，科幻小说尽管是幻想的文学，但它仍然植根于现实的大地之上。

我还想再补充一点，阅读科幻小说（以及看科幻电影），最大的收获不仅仅是长知识，而是增强你的想象力，这是训练一个人创造力的重要途径。“想象力比知识更重要”，这个观念已经被无数事实证明是有道理的。这方面的体验，只有通过阅读，不间断的、广泛的阅读，才能领会。

最后，我要感谢丛书主编饶忠华兄，并且特别感谢多年来支持丛书出版的科学普及出版社以及为此付出辛勤劳动的编辑们。

金涛

2017年10月20日

目录

宝石大厦 1
达达尼尔计划 3
“土拨鼠”和
它主人的命运 5
思维王国探险记 6
当归 9
他还在人间 12
牧鱼 14
时间与“快门” 15
创举 19
古庙奇人 22
史前世界 24
蚩 尤 洞 26
长翅膀的姑娘
——“神翼”之二 28
心有灵犀一点通 31
地球镜像 34
爆炸前的坦白 36
震惊世界的紫薇岛暴动 39
双目失明的射击冠军 42
奇怪的表哥 45
小型间谍战 47
魔影消失以后 48
最后一个癌症死者 49
来自海底的信息 51
扶胥恋梦 53
美女蛇奇案 54
火车200岁 56
万兽之王 58
媚态观音 60
没有触觉的世界 61
奇葩怒放的沃土 63
200：100 65
愤怒的月季 67
水下魔窟 69
天外遗物归谁 71
遥远的迭达罗斯 72
“智慧杯”决赛 74
茫茫的地空 75
来自罗曼诺克的风波 76
史前的礼物 77
揭开“绿毛僵尸”之谜 78
火凤凰 79
“向海洋，出发！” 81
卜达 82
雪人亚米森 83
会变魔术的“钟表匠” 85
蓝色飞鱼行动 87

飞向外太空的鱼 88
特殊经理的烦恼 90
“死三角”之谜 91
鬼谷琴声 92
多事的山林 94
冰冻的微笑 96
峡谷幽灵 98
“绣眼雀”与魔镜 100
依纳斯，请别靠近 101
深海怪客 102
“铁达尼号”沉船案 104
冰山碟影 105
太空惊梦 107
爱的回声 108
白玫瑰花的秘密 110
小林博士的眼睛 111
太空上的阴谋
——长篇科幻小说的一个章节 113
长寿人 114
真假博士 117
秘密试飞 119
枪声报警 120
火山岛上的迷雾 121
最后一次 122
相逢何必曾相识 123
公路桥坠落之谜 123
机器人之恋 125
这儿出产天才 126
智囊计划 128
情 129
我和科长，还有…… 131
青胜于蓝 132
淡蓝色的梦 133
没有父母的人 134
引月人 136
戈壁碟影
（长篇科幻小说） 138
绿雾 140
较量 141
神秘的事件 142
心灵的感应 143
尸变 145
囚室魅影 146
鱼鳍之谜 148
发生在1983年…… 149
包拉提换脑记 150
飞出太阳系之前 152
紧急起飞 153

幻影商店 154
圣诞之劫 156
大亨航宇记 157
沼地上的木屋 158
除夕之夜 160
暴风雪的奇遇 162
台风行动 164
田野上的笛声 166
地衣之王 168
一场虚惊 172
人与兽 175
奇怪的曲线 177
怪兽 179
909医院混乱之谜 180
沾满花香的手帕 181
藏在乌云里的蓝光 183
永不消逝的美 184
一枚精美的胸针 185
100分的秘密 187
YL工程 188
海盗的永生 189
东陵失窃 191
海斯与丽达 192
飞向活星 194
悲剧之花 195
上帝的特使 197
复活 198
湖边奇案 201
白血姑娘 203

致作者

1997年起此套丛书在我社陆续出版，由于年代久远，有些文章作者的署名及联络方式已无从查考，故烦请相关作者与我们联系，我们将妥善解决署名及稿费事宜。

宝石大厦

张志学

今天凌晨，中国未来建筑安装总公司只用了八个小时，就建成了一座有五万平方米的超高层“宝石大厦”。这个消息经卫星转播站一广播，立即在全世界引起了极大的轰动。我作为《中国未来》电视杂志的记者，登上采访专用的轻便型直升机，专程前去采访。

透过舷窗，我看到在直升机的前下方，新耸立起一座圆柱形的高大建筑物。这栋高大的“宝石大厦”正在围绕圆柱中心线作均匀而缓慢的自转。这是为了使每个房间都能得到充足、适当的阳光而设计的。这栋大厦的屋顶也与众不同。从高空看去，一千多平方米的圆形屋面犹如一湖荡漾的春水，泛着蓝绿色的漪光。湖水的中心似乎有一小岛，岛上银光耀眼，宛如一轮明月的倒影。我猜想那一定是为大厦取得光、电、热源而设置的太阳能接收镜。

在高空看完大厦的外观，我对直升机的自动控制器下达了“绕大厦边缘螺旋形缓降”的命令。在下降时，我惊奇地发现，这栋大厦圆柱体的侧面五光十色，变幻无穷，闪烁着水晶宝石所特有的夺目奇彩，使人感到好像来到了天堂或龙宫一般。在这珠光宝气的大厦面前，我先是惊讶、赞叹，后又觉得这些装饰过于豪华。令人难以置信的是，整座大楼的外墙上竟然没有一扇采光窗，也没有一扇门。我把直升机停在大厦外面的环形广场上，气冲冲地向大厦奔去，恨不得在墙壁上一脚踢出个大门来。没想到当我刚刚走近墙壁，墙壁中间忽然裂开了一条两米多高的通道，两扇华丽的推拉门刷地打开了。一位中年人从门里飞奔出来，一把将我抱住。这不就是我十几年没见面的老同学赞英华吗！

看样子这座大厦的总设计师就是老赞了。他把我拉进了大厦里他的临时办公室。我抬头看看室内，淡蓝色的塑料印花贴面天棚，暗褐色的塑料地板，乳白色的塑料墙壁，色彩柔和，光线明亮。

老赞告诉我说，大厦并不是没有窗户，而是采用了具有单向透光性质的建筑材料，所以从外面看不见里面的东西，从里面却能清楚地看到外边的东西。这种建筑材料像水晶一样晶莹坚硬，又像气球一样轻，我们把它称作“轻宝石”。正因为它特别轻，才可以用电动机推着大厦旋转。其实，所谓轻宝石，并不是真正的宝石。它本身会由于光学折射原理而反射出各种颜色的光彩，所以这栋大厦一无外装饰，二无内装饰，你所看到的屋内外一切特定的彩色，都是我们预先在墙体选型过程中，放入了一定数量的化学颜料制成的，根本不是什么水晶宝石，也不是什么塑料贴面。

直到这时，我才开始真正认识这位老同学的才华，对他产生了敬佩的心意。他的才华是从什么时候开始显露的呢？同学时期的回忆，一下子涌进了我的脑海。

记得有一次，赞英华和一群孩子一起追逐着肥皂泡。有人觉得，他的举动不可理解。赞英华却说：“阳光照射在肥皂泡上面，射出五光十色，多么美丽啊！肥皂泡还有一些优点，这就是它薄壁、空心、质地很轻。”又有一回，赞英华在一个崩爆米花的老头儿旁边蹲了好半天。随着“扑”的一声巨响，从铁锅里喷出来的玉米粒全爆成了玉米花。他顾不得烫手，抓了一把玉米花就琢磨起来：“热爆——膨胀——质轻，要是再结实……”这就更使我感到不可思议。

此时此刻，我恍然大悟：“老赞发明的轻宝石建筑材料，就是从肥皂泡和爆米花的启发下研究出来的。”

可是，老赞却说：“青少年时期产生的美好愿望，只不过是激发了一种钻研的兴趣。为了真正解决问题，我们科研小组研究了十几年。最后，我们用普通的石灰岩粉、珍珠岩粉，再加上一些化学盐类，经过高温高压处理，得到了一种高强、超轻、透明、保温而又隔音的混凝土。利用它热膨胀系数很大的特点，我们发明了一种高压爆铸新工艺，可以一次成型，像爆米花那样。在爆炸成型的时候，我们设法使它带有圆球形或晶体形的结构，就像肥皂泡或金刚石那样，能够根据入射光线的角度不同，而反射出不同的折射光。另外，正像含有少量金属盐类的金刚石反而有美丽的颜色一样，在这种材料里面，也加入了少量的金属盐类，例如含铜的盐呈蓝色，含锶的盐呈红色……”

听着老赞的谈话，我的脑海中渐渐地形成了一个思想：青少年时代的幼稚幻想和成年时代的科学成就之间，有着多么微妙的联系啊！

《我们爱科学》，1980年第10期

达达尼尔计划

张庄林

J集团军参谋部秘书奥凯利少校，作为C国高级间谍打入了南翼总司令部的心脏，并骗取了格里高利将军的信任。他了解到第一次联席会议的重要性，就着手布置两个行动计划。接着，车祸发生了。

凌晨一时左右，一辆黑色小轿车从南翼总司令部这座阴森森的建筑物里驶出来，向捷尔卡旅馆急驰而去，两辆军用吉普紧随其后。坐在轿车里的格里高利将军是J集团军参谋长。他倚在小轿车舒适的后座上，琢磨着总司令部刚下达的计划。战争就要开始，他的集团军将要跨越达达尼尔海峡，在巴尔干登陆。今天晚上也将是他同玛格丽特小姐的最后一个迷人的夜晚。

格里高利将军的汽车刚拐过一个弯，一部巨大的16吨卡车突然迎面撞来。尽管司机使出了浑身解数，事故还是发生了。

当奥凯利少校和他的部下紧急控制住现场时，卡车司机已经逃跑了。少校命令斯坦利少尉护送将军到J集团军医院，C国已经安排了一个罪恶的医生——主治医生卡罗尔的助手布赖特在等待着执行第二行动计划。少校本身借口处理现场留下了，但是他没能从办事谨慎的格里高利将军的公文夹里得到任何东西。将军把达达尼尔计划全部保留在他的记忆中。这说明少校的第一行动计划已经落空了。

第二行动计划由另一位间谍布赖特医生执行，他早在汉堡就被收买了。布赖特曾经是汉堡医学院施特劳斯教授和丹麦神经中枢中心巴雷教授的助手，巴雷是著名的高级神经专家，从事过记忆传递的专门研究，颇有成果。他想让年迈的科学家在去世之前把他们多年来的成果，通过记忆传递直接传授给年轻人。然而巴雷教授的成果被布赖特盗窃了，并被用于他人的军事目的。布赖特在格里高利将军恢复了记忆之后又麻醉了他，造成所谓二次昏迷，并利用脑生物磁示踪器和别的手段抽取了将军大脑里的大量脑液和血清，攫取了将军所有的新记忆，把它贮存在低温贮存器里。

奥凯利少校利用最新的科学手段把注射液和血清注入了瓦格纳的大脑皮层，以使这些脱离机体的记忆细胞重新获得生命并还原成完整的印象，于是谍报员瓦格纳完整地掌握了达达尼尔计划的全部细节。通过设置在旅馆大楼里的小型电视发射仪，达达尼尔计划便全部展现在C军前线参谋部的面前。

奥凯利少校和斯坦利少尉，成了南翼司令部的怀疑对象。显然，敌人是狡猾的，对于奥凯利等这样精明强干的对手，必须有充分的证据才行。据调查。斯坦利是清白的。但是，为了安抚少校，南翼司令部还是逮捕了少尉，同时给少校提供了一个为布赖特传递情报的机会。奥凯利终于暴露了。车祸事件后的第四天，寄生在南翼机体上的毒瘤被切除，奥凯利不再是南翼的少校，而是一个被捕的间谍了。

《科学与文化》，1980年第2期

“土拨鼠”和它主人的命运

张祖荣

我某边防哨所发现了一件奇怪的事：一个乌黑发亮的金属圆柱体，突然从地下跃然而出。它长三米，粗约一米，一端有一圈人造金刚石的“牙齿”，另一端有一个盖板。哨所所长拉开盖板，里面竟是一个全身焦煳的人。

经过我方的抢救，此人终于苏醒过来，一切也就真相大白了。原来他叫李月玖，是个油田工程师。在工作中，他迷上了钻机。

李月玖从一种灰色的土拨鼠身上得到了启发：它们在遇到无法用前肢开挖、后肢出碴的坚硬土层时，就用牙齿把土层一点一点啃下来，吃到肚里去，然后退到洞口，像蚯蚓那样把土排出体外。根据这个原理，他研制了一种叫“土拨鼠-A”的超深钻机。钻机头部的金刚石牙齿，能轻易地啃下花岗岩和玄武岩，然后把啃下来的岩石咬碎，全部吞下去进行“消化”，制成水泥浆。这种水泥浆再由尾部向刚形成的孔壁进行高压灌浆。就这样，它一边“吃”掉前面的一切向前进，一边在身后形成质量非常好的直径近一米的圆孔。开始时，它是靠电缆供电的。达到一定深度，地下热足以供给能源后，它就自动切断电源继续掘进。工作时，放射性示踪元素不断向控制中心传输它的运行轨迹，地面则通过一种独特的电波对它进行控制。

李月玖万万没有想到，自己的妻子丘辟金娜原来是个特务。为了控制李月玖的行动，特务组织已在他的食物中掺进了“土拨鼠”的示踪元素。更使他难以容忍的是，凶相毕露的丘辟金娜竟要他让正在地下2.1万米运行的“土拨鼠”，沿水平方向从大江的底部穿过去，到达我国后一直向上，打穿储油构造的底部，让原油沿着这条直径一米的地下输油管，流进自己的超深井。

已经觉醒过来的李月玖设计灌醉了丘辟金娜，然后扳动控制柜的主令开关，让已进入大江底部的“土拨鼠”立即调头向上，打穿江底，叫那些强盗先把江水喝个饱。最后，他把一只备用的“土拨鼠”改装了一下，扭曲着身子钻了进去，启动了“土拨鼠”，忍受着炎热的烘烤，向我国境内前进……

半年后，在一次记者招待会上，这一罪恶的阴谋被揭露了。

《科学24小时》创刊号，1980年1月

思维王国探险记

张祖荣

在松花江畔的哈城敌伪档案里，有一份离奇的记录，一直深深地刻在我的心里。

那是20世纪初，在黑龙江畔，有一个秘密团体，为了抗击沙俄哥萨克兵团的入侵，在沿江几十个屯子的淘金工人中募捐了一笔数量惊人的纯金锭子，派人到南满去购买枪炮，由于走漏了风声，押运黄金的队伍遭到袭击。他们把黄金埋藏在一个秘密的地方，并托付给一个素不相识的挖参人，最后他们全都牺牲了。

后来，这个挖参人也遭到了厄运，被人杀害了。挖参人的妻子带着遗腹子逃到了哈市。遗腹子边强长大以后，在哈市当了一名清贫的小学教师。不知怎么一来，伪满洲国强化治安大队得知边强掌握着这笔巨额财富的秘密，就把他“监护”起来，并要他说出秘藏黄金的地方。边强什么也不说，顽强地咬断了舌头，成了哑巴。哈市收复后，边强才出狱，与一个穷苦的日本女人养由子结了婚，生了一个女儿。后来，由于贫病交迫，边强死了，养由子带着女儿边思华回日本去了。

后来，我把这个故事向我的老师、著名的古人类学家李铭达教授说了，并告诉他，我已经过调查，不仅确有其事，而且边强的墓地也已找到。老师沉思后说：“我们有责任使他的思维复活！”

一天，我与教授来到哈市北郊边强的墓地，无意地碰到了边强的女儿边思华。边思华刚从日本来到中国，因这里要建造高速公路，她是接到通知来办理迁坟手续的。教授用娴熟的日语向边思华女士描述了使边强先生思维复活的设想。边思华答应在迁墓时，为实验提供一切方便。并表露出愿意留在祖国，投入到建设“四化”的行列。

在迁墓时，我们找到了边强先生十分完整的头颅，立即着手复制出他的大脑上的皱纹。人类的大脑皮层，虽然生下来就有凹凸不平的皱纹，但更大量、更丰富、更微妙的皱褶却是后天造成的。在人类大脑皮层52个区里，布满了由数以亿万计的神经元构成的神经索，在生物电流的刺激下，会发生一种纵向的收缩。刺激愈厉害、重复的次数愈多，某个特定部位相应的几何变化就愈强烈、愈深刻。而这些生物电流的实质就是人体感官传输外界信息的信号，所有的背和沟以及表层神经元的排列，就是变化万千的人类记忆功能的记录。这个记录是有规律的，是可以认识的。这好比唱片的纹理变化，完全是音响信号的记录一样。实质上这就是一种密码，一种到现在才被我们破译的记忆密码。

边强先生的大脑皱纹被复制出来后，教授将大脑皱纹中的全部思维信息录制储存起来，然后，让我服用XDA-101的药，使我大脑皮层上后天产生的皱褶全部被抹平，失去一切知识与记忆，成为一个智力水平相当于初生婴儿那样的“白痴”。然后，将边强先生的思维信息输入我的大脑，我就成为另一个“我”了。

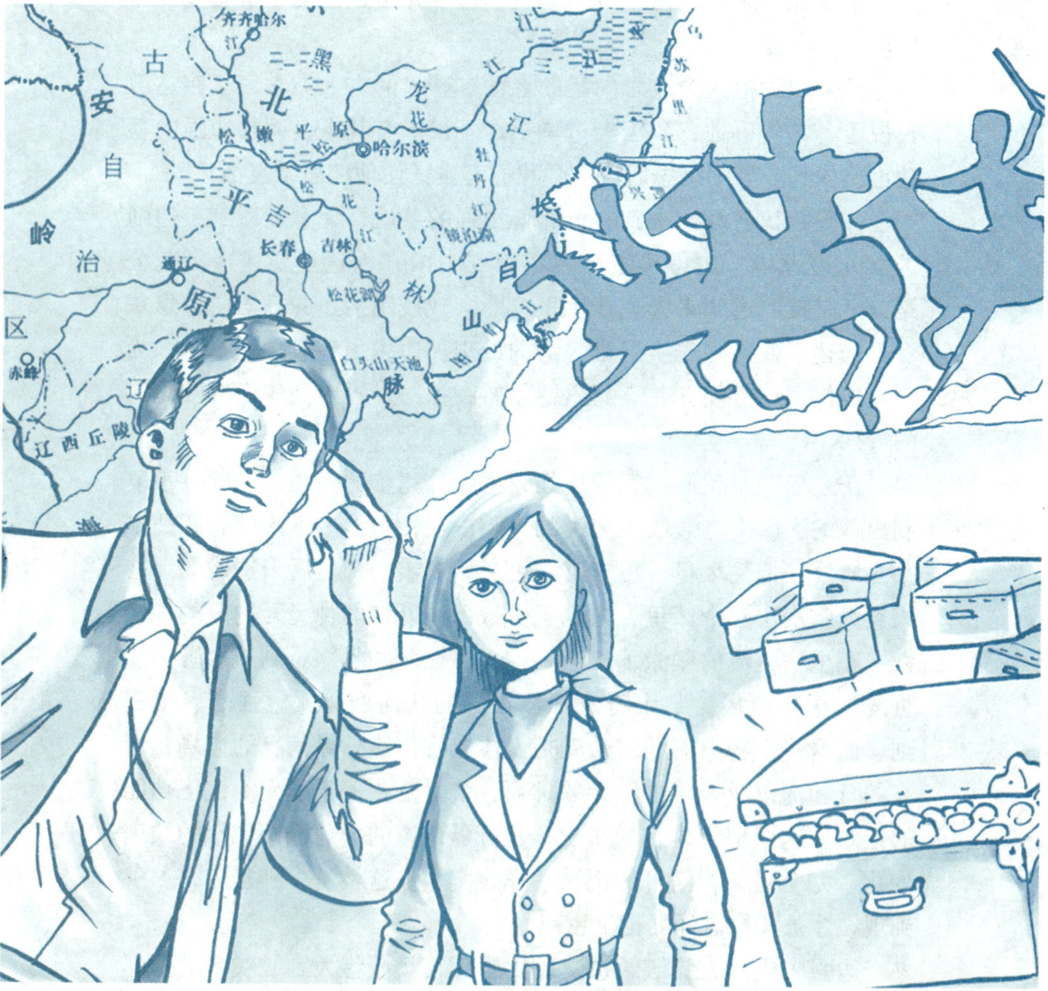

我把边思华当作了养由子——“我”的妻子。“我”看到到处在进行新的建设，到处是欢乐的歌声，到处是沸腾的人群。“我”一直向往的时候到了。“我”就对“养由子”说：“我们马上动身，我带你到一个地方去，那里埋藏着一笔巨大的财富，应该拿出来献给国家。”“我”的记忆没有欺骗“我”，终于在一个地方的洞里，找到了那笔财富。当“我”看到一箱箱用牛皮蒙着的沉重木箱从洞里抬了出来，扛到汽车上时，高兴得真要发疯了。

逆转手术非常成功，“我”又成为我了。那笔巨额财富和我们的这项实验，震动了全国。我与边思华在工作中产生了感情，相互爱慕，最后，我还与边思华补行了婚礼。

《西湖》，1980年4月号

当归

张祖荣

正当“沪渔107”从东海渔场满载着鱼鲜开进吴淞口时，一条幼鲸也尾随着它游进了黄浦江。一直游到十六铺，它才像一条小舢板似地停了下来。“沪渔107”把它捕捞起来一看，原来是一条人造的机器鲸。在它的尾鳍底下，还写着“当归L.L01”几个字。

机器鲸设计得非常巧妙。它能把波浪转化为电能，作为动力。它的嘴是一只吮吸器，满腹都是从母鲸那里吸来的乳白色鲸乳。它的控制部分是一架复杂的计算机，从布线的结构来看，具有我国台湾地区电子工业的特色，但用的元件却是某国产的超大规模集成电路。在机器鲸的天灵盖下，还发现一只首饰盒，盒上贴着一张小纸，上面写着一行工整的小字：“‘沪渔107’船长秦志明转全体大陆同胞收——罗明、柳琼寄自北纬2°、东经106.5°的A.X.岛。”

打开盒盖，里面还有一本日记本和一封信。

“沪渔107”的船长秦志明手捧着这只盒子，想起了五年前的那一天……

正当他们准备进港避风的时候，从无线电中收听到“SOS”的呼救声。“沪渔107”立刻赶到出事地点，原来是一艘台湾渔轮的主机坏了。“沪渔107”拖着这艘损坏主机的台湾渔轮驶进了浙东某港。在这艘台湾渔轮进船坞修理的半个月中，他和那艘渔轮上的代理船长罗明结下了很深的友谊。一次，他们路过一家中药店，罗明听说有四川当归卖，就买了一大包。他告诉秦志明，在台湾已有多少年买不到当归了，他的未婚妻柳琼正迫切需要这味药材……

一别五年，不知罗明现在的情况怎样了！

他打开一本日记本和一封信……

五年前，罗明的渔轮刚驶入台湾基隆港，码头上已站满了荷枪实弹的军警，他立刻意识到等待他的将是什么，他把手上的那包当归塞给了一个哑巴伙夫，并向他做了个手势。果然，船一靠岸，船上的几个主要人员被拘捕了，一起被送到火烧岛上去做苦工。后来，由于哑巴伙夫送信，他的丈人柳亚明教授得知了他的下落，经过一番交涉，罗明总算被释放出来。在罗明与柳琼结婚的那天，罗明拿出了从祖国大陆带回来的当归，熬了一大锅当归汤，送给每位亲友品尝。这时柳老先生拿出两份护照，叫他们借外出度蜜月的机会，离开台湾，但要他们记住自己是中国人。

在一座繁华的海滨城市，他们遇到了一个叫玛丽的金发女郎，她曾是柳琼在大学里的同事，现在一个“跨国公司”工作。这个跨国公司在中国南海西边南靠近赤道的地方建立了一个科研条件优越、物质待遇丰厚的热带水产研究所，目前正需要招募科学家去那里工作。罗明夫妇在玛丽的诱惑下，双双在一份合同上签了字。

第二天，他们来到了一个在地图上根本找不到的小岛——

A.X.岛。船一靠岸，研究所所长亲临码头热情地迎接他们。这个岛上齐全的实验设备和实验工厂，几乎使罗明夫妇着了迷。不久，罗明夫妇的心上就好似蒙上一层烟雾。他们只知道岛上研究的是电子鱼、机器鱼，但不知是派什么用场的，而且他们还被迫失去了与外界的一切联系。之后，罗明夫妇花了近一年时间才弄清，原来这里研究的机器鱼是一种电子侦察鱼，是用来跟踪别国舰艇和其他军事目标的。

柳琼的旧病复发了。罗明想起了那包没有用完的当归，给他妻子熬起汤来。这又使他想起了老丈人的谆谆嘱咐。罗明把自己的决定告诉了柳琼。两年后，他们搞成了波能转换器，电子鱼可不再受能源的限制，遨游四海。又过了两年，他们搞成了这条电子鲸，并用“当归L.L.1”来命名。两个L就是他们姓氏拼音的第一个字母。后来，他们又冒着极大的危险，调换了机器鲸中的指令磁带，让这条机器鲸在南极罗斯海，吸取了七吨优质鲸乳之后，直游黄浦江。

南极海面有着丰富的鲸鱼食物，在那儿可以驯养鲸鱼，一头母鲸的产乳量可抵得上一万头乳牛，“当归L.L.1”是最好的挤奶工。

秦志明读完了日记和来信，心情十分激动。这时，有位同志给他送来一份报纸，在第四版右下角，登载着一篇报道：“由于火山爆发，位于北纬2°、东经106.5°的一个不到两平方公里的荒岛突然沉没，岛上的居民全部遇难，无一生还。”秦志明看了这段报道，心都快要碎了。“这真是卑鄙的虐杀。”

《东海》，1980年7月号

他还在人间

赵桂生

事情发生在21世纪。暑假的一天，涛涛哥带我到他们电生研究所，一个离海岸很远的实验电站“电岛”上去。我们乘坐一艘小型汽艇，在辽阔的大海上飞驰。

突然，在我们的前方出现了一些发出奇异“电光”的电鱼，岛壁附近带有导线连着的一对对闪闪发光的针，以闪电般速度插进了一条条电鱼的身上。涛涛哥说：“那些针是玻璃丝银针，也就是电针，它们的作用就是把电鱼的电引出来，供应‘海洋工厂’。”“真是个奇异的电站啊！”我感叹地想着。

电生研究所的大礼堂正在作科研成果报告。在那里，我看到猩猩上台讲话，用口琴伴奏，六只小羊在翩翩起舞。于是，我决定到后台去看个明白，一位叔叔给我戴上了一种仪器，我竟不知不觉和老虎一起走上舞台，跳起舞来。

表演结束后，报告人孙叔叔才出场。他说：“猩猩、小羊和老虎的身上都戴有一个叫生物信息储存器的仪器。它是根据大脑信息电流仿制而成的，能把人为的信息按照内容分别储存起来，用的时候就可以从仪器中取出来，以便指挥动物的行为，如说话、跳舞等。人戴上这个储存器，也要受到它的指挥。”

星期天，我和孙叔叔到公园里去玩。原来，他是个盲人，靠一副墨色眼镜——人造视觉器官，才能看到大千世界。我要孙叔叔让我试一试，他用黑布将我的双眼蒙上，然后给我戴上了墨色眼镜。我走到街上去了，一伙调皮的男孩跟着我走了起来。我迅速离开他们，迎面又遇到了一个疯子。我拼命地跑，竟闯进了动物实验禁区，被机器人抓了起来。机器人把我当作实验对象，用激光手术刀切下两只手臂和两条腿，安上了假肢。

我好不容易才逃出动物实验禁区。在电生所，我看到了涛涛哥和著名的电生学专家谭索。医生为我换下假肢，装上了自己的手和腿。后来，我从医院里溜出来，不料谭索老先生患肝癌死去了！

几个月后，我竟在疗养院里看到了正在打太极拳的谭老先生。我问涛涛哥：“他真的还活在人间吗？”涛涛哥对我说：“谭索老先生不但从事人体各种器官的研究，而且还应用他的理论来进行病变研究，攻克癌症。他在动物致癌和治癌的实验成功以后，暗地里给自己注射了致癌药水，使自己患了肝癌。当他停止呼吸时，我们发现他身上有一封长信，这是一份详细的实验报告。我们按照谭先生的意见，更换他预先准备好的人造肝，用心脏揉动机恢复心脏的活动……使之死而复生。”

经过一个星期的治疗，谭先生身上的癌细胞已经没有了。他告诉我们：“癌细胞也是一种生命的形式，任何生命的生长都伴随着电的现象。实验表明，癌细胞是由正常细胞变异而来的。由于它们的生长失去了应有的控制，才造成灾难性的病变。我们的实验目的，就是要找出大脑神经中对它能起作用的那些神经来，从各种生理电信号中找出控制信号来，以便通过相应的控制信号，促使癌细胞生长减慢、萎缩，乃至死亡。我的癌症就是用上述理论和方法治好的。”

《他还在人间》，贵州人民出版社，1980年1月

牧　鱼

赵玉秋

为了试验用电子网捕鱼，我和我中学时的同学“科学迷”，闯入了一位老教授放牧的鲑鱼群。闻讯赶来的老教授，盛情邀请我们到牧鱼船上去参观。

在牧鱼船上，老教授的一位年轻助手一按电钮，从船底下发出一种奇妙的声响，海面顿时沸腾了，在四处觅食的鲑鱼纷纷游向牧鱼船；年轻人按动另一个电钮，一架喷射机把饵料喷向四面八方，鲑鱼追逐着抢食饵料。

老教授是一位海洋动物学家。他经过长期观察和研究，发现鱼

类有独特的发声规律，还搞清了某些鱼的“语言”。现在，正是这条牧鱼船发出各种声响，呼唤着成千上万条鱼围着牧鱼船游来游去，跟随着牧鱼船在汪洋大海中自由自在地生长。

夜幕降临海面，平静的鲑鱼群突然变得惊恐不安起来。“又是海狗来捣乱了！”老教授向年轻人下达了命令：“播放2号噪声！”年轻人按动电钮，一种奇特的噪声立即在海水里传开。正在追逐鲑鱼的海狗，经不住这噪声便逃遁了。

半年后的一天，“科学迷”又拉着我向海边跑去。在海上，我们又遇到了牧鱼船。我大声呼唤着老教授，可是，他们已实行遥控作业，船上根本没有人，连鱼类加工也实行了自动化。但是，当我们登上海岸的时候，我们又遇到了老教授。我激动地恳求老教授收下我做学生。“这么说，你也成了‘科学迷’啦？”老教授幽默地笑了起来。

《知识就是力量》，1980年4月号

时间与“快门”

夫

在内蒙古中部乌兰察布的戈壁滩上进行野外考察时，童乐山教授发现我的知识太贫乏，地史学刚入门，古生物学几乎是空白，在许多情况下都无法工作，决定让我到Emit研究所去进行高效率的学习。临行前，童教授说：“如果你能尽快完成学业，还来得及参加考察队的扫尾工作。”原定的考察计划在10月份收场，而现在已经8月中旬，能这么快进修完毕吗？我半信半疑地来到了滨海市——研究所的接待站。

清晨，一位衣着朴素的姑娘用汽艇把我送上一个绿色的小岛，这就是Emit研究所的所在地。我问所里的一个中年人王千里，为什么这个研究所要用Emit这个名称？他告诉我，这不过是焦所长的一点怪癖，把它掉个头就知道它的意思了。“Time，时间”。我对所长的怪癖感到迷惑不解。

所长给我下达了学习任务：三天内学会电子计算机的程序语言。我的老师就是早晨来接我的那位姑娘，她叫焦时珍，年龄不过十七八岁，可是却能用准确、明晰、简洁的语言解释复杂的问题，还能及时发现和纠正学生的错误。三天后，我终于如期完成了学习任务。

接着，焦所长又给我安排了地史学和古生物课。这一次焦时珍成了我的同学，由王千里当我们的老师。焦时珍，所长叫她珍珍，是个非常聪明、刻苦的姑娘，学习劲头很大。她的时间简直是用一秒、1/10秒、1/100秒来计算的！我给她取了个绰号“快门”，意思是她和照相机快门一样迅速准确。使我难堪的是，无论我怎样努力，在学习上总是超不过她。因此我遇到不懂的问题总是向“快门”请教，她也总是乐于帮助我，这样我们便逐渐亲近起来。

转眼间，我到Emit研究所已整整10天，连我自己也很难相信，居然能在这么短的时间里学到这么多知识。繁重的学习使我十分疲倦，无法入睡。焦所长发现这一情况后，把我领到一间实验室，示意我坐在一张像是牙科手术间用的转椅上。所长拨弄了一阵仪器后，我的眼前突然闪过一阵微弱的蓝光，耳边隐约听到一种悦耳的声音。神奇的音乐把我带进了深奥莫测的夜的世界，我仿佛走进一座幽深的山谷。在那里，我看到巨大的草食恐龙，甩着细长的脖子在往前走；空中怪物——翼手龙从水里叼起一条大鱼；凶残的霸王龙用利齿撕咬着梁龙……我睁眼醒来，感到全身精力充沛，但对这个梦却百思不得其解。所长是用什么方法制造出这种梦境的？

焦所长告诉我，这就是梦幻教学。他说：“很久以来，我就设想能不能将人的休息和工作结合起来，使人一边休息，一边工作。睡眠是神经系统的全面性抑制，而梦是思维，仅仅是受抑制的大脑皮层的个别兴奋点在孤立地活动，它具备虚幻、荒诞和缺乏逻辑性等特定。假如我们能使梦具有正常思维的逻辑性，将白天学习过的东西，即‘日有所思’，晚上让它再‘夜有所梦’，使人休息、学习两全其美，那就不会浪费睡眠时间了。为此，我整天推敲形象思维问题，最后得出结论，梦本身就是一种形象思维形式。在梦中，谁也说不上是什么样子的妖魔鬼怪却都被形象化了；而人的大脑正好对形象的东西印象特别深，因此让从书本或课堂上学到的抽象知识生动地出现在你周围，使你置身其中，这样就不容易忘掉了。”

说着，所长从桌上捡起一盘微型录音带似的东西，告诉我：“这就是梦教磁带，它上面录有要使你梦见的一切。我首先采用催眠术，使你立即进入睡眠状态。”这时，他又拿起一副微型耳机似的东西，说：“当你睡着时，我把它往你的太阳穴上一夹，这盘不发声的录音带就把它用磁的形式记录下来的内容，变成生物电流刺激你的大脑皮层，使脑海中产生生动具体的印象，于是梦幻教学便实现了。”

晚饭后，我遇到了“快门”。她告诉我，她下午正在编制梦教磁带，还邀请我今晚第一个观摩她的梦教课。晚上，我到实验室时，“快门”已坐在安乐椅上。她把一盘“内蒙古史前概貌”的梦教磁带装进致梦仪，我们分别套上耳机，便开始梦中“旅行”了。我们一会儿躺在绿油油的草地上，一会儿又并肩坐在湖边，欣赏着乌兰察布草原中生代的美景。一段时间以后，我们又来到了新生代，亲眼目睹这沧桑巨变。突然，“快门”举起手来在空中划了一个圈，说：“让我们回到今天的乌兰察布吧。”话音刚落，山崩地裂，天昏地暗，我把她紧紧拉住，用身体保护着她，闭住眼睛任凭大自然的摆布……

我刚从躺椅上一骨碌翻下来，严峻的所长已站在面前，他好像已看出破绽，从致梦仪中取走了那卷磁带。“快门”——所长的女儿，倒在躺椅上哭泣起来。我已明白，她在自己亲手制的磁带里，掺入了一些和教学无关的东西，而这一切已被她的父亲发现了。

在离开研究所的前一天，所长把梦幻磁带的制作过程和盘托出了：“当你睡着时，在太阳穴上压两个电极，它们将你的脑电流活动传导出去，记录在磁带上。当受教者入睡时，转动的磁带把还原成脑电流形式的信号输送出去，刺激大脑细胞，使之产生同样的思维，形成梦。”

所长把焦时珍编制的那卷磁带给我留作纪念，并告诉我：“我想让她跟你一同到乌兰察布去，她是个缺乏实践的女孩子。在那里，你可以既当她的同学，又当她的老师，童乐山教授扮演我这个角色。不过，我的目的是要你们共同学习，而不是提前去度蜜月。年轻人总是把一生最美好的时光花费在爱情上，我送你们一台致梦仪吧，你们就可以不占用正式学习时间去罗曼蒂克了。”说完，他的脸上露出了一丝微笑。

《科学文艺》，1980年第3期

创　举

郑　平

南半球A国的B城面临着一场严重的旱灾。A国政府向世界各国发出了呼吁。联合国在B城召开的专门会议正在讨论解决B城这场旱灾的方案。到会的各国专家提出了各种各样的方案，有的提出从邻国一条大河中引水；有的提出寻找地下水；还有的提出用海水淡化的方法。A国政府代表认为，无论哪一个方案都不可能在几个月里实现，而现在离盛夏只有几个月的时间，到那时B城将会因缺水而

面临一场不堪设想的灾难。

正在这时候，一个青年站起来说："我代表南极冰川研究小组谈谈我们的意见。南极的冰山储有约2400万立方公里淡水，如果从南极托运一座25000万立方米的中型冰山到B城附近的海上，就足以解决B城的用水了。"

这位青年的意见刚说完，与会的专家提出了各种各样的质询。这位青年人等各种意见提得差不多后，才慢慢地站起来说："你们提出的问题，我们正在认真考虑和逐步加以解决。我们组长还让我邀请各位到我们南极科学站去看看。"

大会主席卢西尔小姐对这位青年的发言产生了极大的兴趣，建议大会让各位代表到南极去看一看，然后再继续讨论这个问题。卢西尔的建议得到与会专家的一致赞同。

一架直升机降落在一座冰山上，从直升机上走下七八个人来，朝着一幢淡黄色的房子走去，南极科学站的几个年轻人，早已在门口迎接这些远道而来的客人。

客人刚坐下，主人给每个客人送上一杯用冰山水煮的热咖啡。卢西尔小姐提议说："怎么样，我们继续前次的讨论。"大家点头同意。

一个青年人走到墙边，指着一张地图说："这座冰山属于小型冰山，在南大洋大约有20多万座。我们在冰山上装了电子微震仪，它们会随时告诉我们冰体内部应力的变化，因此很安全。"

"你们怎样设想把冰山与拖运船只联结起来呢？"

"用火焰喷射器对准冰面，不消十几分钟，就可融成一个三米深的冰洞；然后把几根钢梁放在冰洞里，冻牢后，就可以成为很好的系缆桩。"巧妙的设想受到了大家的交口称誉。

卢西尔小姐非常想见见他们的组长："你们组长叫什么名字？""罗帕特　哈里。"一听到"哈里"的名字，立刻勾起了卢西尔小姐的一段回忆。

卢西尔和哈里原来是瑞典一所气象学院的一对好友。但在毕业前夕，卢西尔劝哈里和她一起留校做研究工作，哈里却不听她的忠告，坚持要去南极考察，为此发生了一场风波，使他们的友谊产生了波折。毕业以后，卢西尔留在校内任教，而哈里则到南极去了。这几年来，哈里一直在南极研究冰山。

卢西尔从南极回到A国，马上起草了一份拖运南极冰山解决A国干旱问题的提案，提交联合国特别大会，得到了大多数国家的赞同。联合国和A国联合组织的行动指挥部，聘请哈里为副总指挥。一切准备工作就绪后，运冰计划马上就要实施了。

两艘拖轮牵引着一座几亿吨重的冰山，在狂风恶浪中向北方缓缓前进。从冰山移动到抵达A国B城，行程2000公里，大约需要四个月。现在，时间已过去了三个月，火热的太阳和温暖的海水加快了冰山的融蚀速度，在冰山的某些部分可能会出现裂痕。突然一阵狂风从海上掠过，冰山的左角因破裂而跌落到海里，掀起了冲天水柱，拖轮被海浪抛向空中，幸好没有发生人员伤亡事故。

经过千难万险，拖轮终于把冰山拖运到A国B城附近的海上。来自世界各地的政府要人、群众代表和B城的居民一起，共同观看了有史以来的伟大创举，享受着人类征服自然取得巨大胜利后的无比喜悦。卢西尔与哈里也结成终身伴侣，一起到南极去共同创造新的生活。

《科普创作》，1980年第1期

古庙奇人

郑文光

川仔在爸爸的地质队里过完暑假后，跟着送资料的卢时巨回家上学。半路上直升机出了故障，停在荒山之中。他们想找个地方过夜，便随着灯光来到了一座古庙，好不容易才叫开了门，但开门的老头却拒绝让他们借宿。川仔和卢时巨爬树越墙进入庙内，躲在一间空房里过夜。半夜里院子里来了一头狮头虎身的怪兽，怪兽消失后，他们惊魂未定，又看见了摔死的地质队员冯秉超。卢时巨决心弄个明白，便跟踪到内院一间起居室，在窗外窥见冯秉超正和一个中年人谈话。从他们的谈话中了解到这个中年人是曾教授，冯秉超就是被他救活的。现在冯秉超要求放他归队，曾教授怕暴露了他的秘密，没有同意。

这时卢时巨突然被看门老头扼住咽喉，摔在地上。

卢时巨受到曾教授严厉的审问。忽然门外那头怪兽大吼一声，只见外面火光熊熊，什么地方失火了……

在卢时巨出去后，川仔也悄悄地跟了出来，他见老头去跟踪卢时巨，也想跟去，忽听一个女孩叫声，就进了那间房。他认识了这七岁的小姑娘，并从她嘴里知道她的爷爷眼睛瞎了，是曾教授给他换了一双眼，才留在这儿看门的。正说着，忽然隔壁厨房起火，烧了过来，川仔急忙抱起小姑娘冲出来，他自己却被烧伤昏迷过去。老头赶来从川仔怀里救出小姑娘，把川仔抱到里屋。曾教授和冯秉超用灭火器把火灭了。卢时巨因为川仔受伤而没有逃走，但他的行动已受到怪兽的监视。

第二天早上，曾教授冷冷地告诉卢时巨：川仔的烧伤已治好了，并领他到老头——桑爷爷的房里去看川仔。曾教授要卢时巨不离开这儿，以保守这儿的秘密。

给卢时巨准备的卧室是个十分舒适的房间，有现代的各式家具，但实际上他却失去了自由，川仔伤好后一直住在桑老头那儿，他们两个没法见面。一天晚上，卢时巨待监视他的怪兽打盹时，偷着溜出院子跟踪曾教授到一个房间，但等他跟进去，不但不见曾教授，而且室内什么都没有。当他终于发现一块活动地板的时候，曾教授忽然出现在门口，严厉地警告他不准刺探秘密，并把他送回卧室。

又是一个白天，卢时巨正在想着跟踪曾教授的事，这儿地下一定有着巨大的秘密，忽然传来了飞机的嗡嗡声。这肯定是来寻找他和川仔的，待他冲出去时，飞机已飞远了。卢时巨忙把院子的门都关上，直升机又飞回来，在古庙上空盘旋着。卢时巨用手枪朝天开了三枪，引起了直升机上人们的注意，抛下了一道尼龙绳梯。当绳梯快降到他的头上时，卢时巨被身后有力的手抓住了，曾教授缴了他的手枪，把他关进了地穴。

跨下钢梯，地道里一片柔和的青光，卢时巨按曾教授的命令，左右转弯，走了弯弯曲曲的很长一段路，最后进入了这巨大的地下迷宫的一个房间。里面摆设考究，一个身材高大的老人站在那里，曾教授用一种鸟叫似的语言和他讲话，老人听后勃然大怒，和曾教授离开了房间，把卢时巨留在里面。

当卢时巨被曾教授抓走后，川仔看见了直升机，就爬到树上，直升机上的人发现了他，把他救了上去。直升机上有六个人，由地质队赵副队长率领，川仔的爸爸也来了。他们恐怕卢时巨遭到杀害，就留两人在机上，四个人下去抢救，川仔也自告奋勇跟去带路。他们找到地道后，终于救出了卢时巨。

他们发现地下有许多装有从没见过的仪器的试验室，卢时巨来时坐的直升机也被放在地道里。当他们走到地道尽头时，只见到一艘宇宙飞船蓦地上升了，他们赶紧跑了过去，曾教授已倒在地上。

曾教授醒来后，讲了乘宇宙飞船飞走的就是卢时巨在地下房间里见到的老人，他是八年前从天狼星来的，在这荒原上制服了迷路的曾教授。八年来，他从外星人那里学到许多先进的科学知识，如把狮子头接到老虎身上，给摔死的人换上人工脑，等等。外星人很快地造了能量极高的掘进机，建立了巨大的地下实验室，成为他征服地球的基地。因为卢时巨他们的出现，地球人包围了古庙，眼看古庙的秘密守不住了，外星人终于抛弃了基地和曾教授，独自走了。

外星人留下的科学技术，并没有被人掌握。当天晚上，一场猛烈的爆炸使古庙和地下实验室炸得粉碎。曾教授也在这天夜里，莫名其妙地死于200里外的一个地方。

《冰下的梦》，海洋出版社，1980年12月

史前世界

郑文光

星期六，方立炎从工读学校出来，他刚跨过街口，正好有一辆浅灰色的“小上海”在他身边戛然止住。和方立炎有一面之交的活泼姑娘霜霜从汽车里跳出来，一把拽住他往车里塞。于是，方立炎就和车上的小伙子蔡续、霜霜和霜霜的爸爸周济起教授一起，到史前世界去探险。

在郊外的一个大草坪上，他们登上大蜻蜓似的直升机，向着雾茫茫的远方天际飞去。

他们飞了相当长的时间，突然看见在一片开阔的坡地上，有一群猿人围坐在火堆旁。一群野猪冲了过来，这伙猿人立刻抄起搁在身旁的粗木棒、石刀和石斧，迎上前去，一场血淋淋的战斗开始

了。在一处林中空地上，他们又看到一只剑齿虎和一头犀牛正在搏斗。

已是后半晌儿，他们离开森林地带，飞到了一片开阔的水面——一个不大的湖上。突然，平静的水面绽开了，一条恐龙冒了出来。紧接着，周教授发现前面有个黑影一闪，翼手龙出现了。当直升机垂直向上的时候，尾巴正好撞着翼手龙的翅膀，狠狠的一击！直升机尾巴一沉，整个直升机侧了侧身子，把后座的霜霜和蔡续甩了出来。

霜霜和蔡续正从湖里探起头时，在不远处忽地冒出了一条狰狞的雷龙。他们拼命向岸边游去，那条雷龙马上跟了过来。说时迟，那时快，方立炎从飞机驾驶台旁，抄起一根曲轴，一纵身跃出直升机，向湖心跳去。此时蔡续已游到了岸边，可是霜霜却还在水中挣扎，雷龙慢慢举起那吓人的爪子，方立炎奋不顾身地一跃而起，那曲轴狠狠砸在雷龙的前爪上。

正在这千钧一发之际，奇迹出现了。这条雷龙陡地僵住了，它立在水中，举着前爪，一动也不动，就像一尊石像。与此同时，方立炎抱起吓昏过去的霜霜，吃力地向岸边游去。

这是怎么一回事呢？原来，周济起教授打了个电话，给84号地区——就是出现恐龙的地方的电脑，下令那地区的动物（当然，也包括雷龙）一律停止活动。这部电脑叫古生物复原机，它可以复原出任何一种已经绝灭的动物来，还能够通过脑生物电流，控制这些动物整个躯体的活动。

直升机回到了起航的地点，他们钻进浅灰色的“小上海”风驰电掣般驶进了市区。霜霜和方立炎约定，下星期六午后再次相会。

《当代》，1980年第2期

蚩尤洞

郑文光

在那动荡不安的年代里，著名的概率论专家齐楚，来到了一个叫蚩尤堡的小山村，领略着荒村野居的滋味。村上的老乡对这个老头挺照顾，帮他挑水、做饭，有时还有人来同他聊天。

有一次，他忽然问村上一个小伙子：“为什么这里叫蚩尤堡？”小伙子告诉他：“兴许因为附近有个蚩尤洞吧。”“什么蚩尤洞？”“唔，大概……”小伙子答不上来了。他又在村里找到了一个曾经讲过蚩尤洞的老羊倌，听他讲述当年到洞里去的情况。从此，齐楚对这个洞产生了浓厚的兴趣，硬要老羊倌领他去一趟。

第二天，他们一起去蚩尤洞，在洞的尽头发现有两扇紧闭着的金属大门，地下还有一块碑，上面刻着奇奇怪怪的文字。这两扇紧闭的大门无论如何也打不开，他们只得把碑文拓了回来。

回来后，齐楚由于劳累过度，躺倒了。

转眼到了秋天。有几个人到蚩尤堡来找齐楚。一进房，看到墙上的拓石，指着齐楚问：“这是哪儿来的联络图？”齐楚无力地摇着头，他们就拽住齐楚，带上这张拓石，回城里去了，齐楚由于心脏病发作，在途中就死了。

后来，这张拓片落到了一个年轻的考古学家谭石农手里。在一个风和日丽的日子里，谭石农在蚩尤堡的老乡带领下，钻了一趟蚩尤洞。洞尽头的两扇大门仍然无法打开。于是，谭石农给研究所发了一封电报，要求请爆破专家、冶金化学家和破译密码专家一起来参加工作。

第三天，一架直升机停在蚩尤堡的一块空地上。同机到达的一共有九个人，一个名叫李之凌，是蚩尤洞综合考察组组长。谭石农的老师金学梁也来了。他们马上赶到蚩尤洞，金学梁看了看这两扇大门和一块碑，就对谭石农说：“很可能是外星球人的杰作。”冶金化学家雷宗焕也认为：“今天地球上的冶炼厂还炼不出这样硬的合金来。”破译密码专家李云华走到碑前，取出一个电脑，一个一个地辨认碑上的文字。良久，她才说：“这是咒语，很可能是开启大门用的。”李之凌问李云华：“能破译吗？”她摇摇头说：“我带的电脑不够，即使破译了，也发不出声音来。”李之凌问其他人：“有没有办法？”激光专家沈季宁说：“可以用原子全息激光机试一下。”

原子全息激光机拿到蚩尤洞，沈季宁按了一下红色按钮，山洞里响起了一种奇怪的声音，那两扇大门竟然无声地开了，里面耸立着一艘在另一个世界上建造的硕大无比的宇宙船。这些外星球人有极高的智慧，他们至少预见到，有朝一日地球上会发展起高度的文明，有我们这样的人类来猜破他们的秘密，他们才立下这座碑，刻着神奇的铭文，而这铭文又能够开启这道声控的大门。

李之凌用一种低沉的声音说：“现在，蚩尤洞的谜底揭开了，但是，为了探索这个洞的秘密，著名的数学家齐楚献出了生命。他是蚩尤洞地外文明探索的先驱者。我提议，为了纪念这位科学家，这个洞应改名为齐楚洞！”

所有的人不约而同地摘下帽子，低着头，长久地伫立着。

《北京文艺》，1980年5月号

长翅膀的姑娘

——“神翼”之二

郑文光

傍晚，两个十六七岁的姑娘来到一个小小的、蓝得迷人的湖畔，靠着那株盘根错节的大柏树，默默地坐了一会儿。

一个姑娘叫卞雪霞，十分秀气而文静，身子骨儿却显得单薄；另一个姑娘叫冯丹青，虽然也很纤瘦，却是神采飞扬，在那微微发黑的脸上两道细细的眉毛下，有一双勇敢的、顾盼自豪的眼睛。

突然，他们听到一个声音："美人儿，交个朋友？我叫尤令枫。""你让开，我们得走。"冯丹青缓慢、沉着地说。那个人还是想纠缠不休。她俩看见前面有一栋不大的三层楼房，一个头发全白了的老人正向她们招手。冯丹青就拉着女伴走到门口，两扇沉重的玻璃门自动打开，一个十分柔和的声音，叫她们到三楼305号。在305号房间里，一张工作台上堆放着一些书籍和仪器，靠窗坐着的正是刚才向她们招手的老人。

老人向她们作了自我介绍，他叫仲匡庐，这幢楼里只有他一个人，他正在进行一项十分重要的科研课题。

仲匡庐从植物的叶子中分离出叶绿素，提炼出一种叶绿素质。它能像海绵吸收水分一样地吸收阳光，把它转变为电能，储存到蓄电池中去。叶绿素质可以做得跟羽毛一样，铺在飞行衣表面，人穿上飞行衣，就像大鹰那样能在蓝天自由飞翔。

10年前，他完成了这项发明，穿上了第一件试制的飞行衣，亲自做了试验。他在高高的蓝天飞行了一两个小时，看见的人们都以为这是一只大鹰。当时他设计的是一个热力学系统，就是把随身带的水加热，变为水蒸气向后喷射，获得动力。这样，就得有一套冷却系统来保护身体，因此飞行衣就显得沉重，转弯很不灵活。在他降落时，为了避让高压线塔而摔倒地上，摔断了两条腿。

仲匡庐做了截肢手术，休息半年后，又投入了新的研制工作。他设想利用太阳能把空气中的氧分子劈成两个原子，再设法使这些原子电离。阴离子和阳离子分别在磁场中加速后，从翅膀前沿以极快的速度驶向后梢，再在那儿结合，还原成原子和分子。整个装置只有八千克重。

现在，他需要一双灵巧的手来组装这些比头发丝还细的导管。于是，他就选中了这两个姑娘。

她们从此就天天来仲匡庐这儿，冯丹青和卞雪霞一人组装一件。

有一天，冯丹青没来湖畔，卞雪霞独自站了一会儿，正想转身往回走，却又碰上了那个尤令枫。他嬉皮笑脸地堵住了她的去路，千方百计想打听她们在仲匡庐那儿做什么，并且用一只手把卞雪霞的胳膊紧紧抓住，另一只手堵住她的口，使她快要窒息过去。她松弛下来，任尤令枫把她拖到小树林里……尤令枫还探知了她们在仲匡庐那里组装飞行衣的事。

两件飞行衣慢慢组装好了。仲匡庐沉思了一会儿对她们说，飞行衣决不可落在坏人手中。

晚上，当仲匡庐醒过来，发现窗户大开，一个人影立在眼前。“啪”的一声，电灯亮了。那个小流氓尤令枫正在偷一件飞行衣。仲匡庐刚要张口呼唤警卫系统号码，立刻被一块桌布堵住了嘴。尤令枫还找了一根绳子，将他捆了起来；然后，穿着飞行衣，攀上窗棂，展开翅膀，向着苍茫的夜空飞去了。

第二天一早，冯丹青上了三楼，一看大吃一惊：仲匡庐被人捆着，倒在床上。冯丹青得知一件飞行衣被盗，决心自己穿上另一件飞行衣去侦察盗贼。冯丹青告诉仲伯伯，她爸爸是个公安局干部。仲匡庐答应了她的要求，并叫她把爸爸请来。

一会儿，无线电话响起了冯丹青的声音：“仲伯伯，我飞走了。我会叫爸爸来看您的，但不一定是今天。至于我，如果不把罪犯找到，我是不会回来的，再见！”

《榕树文学丛刊》，1980年第3期

心有灵犀一点通

郑文光

阔别20年之后，桂枝又从广州来到香港。桂枝今年25岁，很秀气，也很文雅。这次她依依不舍地离开那个当小学教员的男朋友，为的是来探望年老多病的叔叔。

桂枝做梦也没有想到，迎接她的是一个叫罗托夫的白种人、一个叫薛义明的人以及他们设置的圈套。

在一栋灰色洋楼的陈设十分考究的大厅里，那个叫罗托夫的白种人粗鲁地说：“这儿是一个贸易公司，屈小姐，你能不能帮我们一个小忙？”

薛义明接着说："屈小姐的孪生姐妹叫屈桂叶，对吗？她是美国宇航中心的资料员。"

原来，美国宇航中心正在实施一项惊人的发射计划。载人宇宙飞船将飞到土星轨道上，在"土卫6"软着陆。"土卫6"是太阳系里最大的卫星之一，据说在它的核心里有内在的热源，它虽然离开太阳非常远，表面温度却跟地球不相上下，科学家公认为它是太阳系中除地球外最有希望存在生命的星球……

桂枝的孪生妹妹桂叶从小由舅舅带往美国读书，大学毕业以后，就到宇航中心工作，至今还没有结婚，未婚夫叫楼克定，是宇航中心的工程师。桂叶管理着八部电脑，电脑中储存着发射计划中与航行有关的数据。这些数据正是罗托夫他们要了解的。

为什么要抓住桂枝了解桂叶掌握的秘密呢？因为她俩能心灵传感。现在，即使隔着辽阔的太平洋，也分隔不了姐妹俩的心灵传感。她们之间不用通信，一举一动都能互相知道。桂叶脑子里有什么念头，桂枝立刻一清二楚；桂枝心里想的事情，桂叶也马上能感觉到。不过，随着岁月的增大，大脑的活动复杂了，这种心灵传感现在显得有些迟钝。但是，只要集中注意力，双方还是能够感觉到孪生姐妹的一举一动，就像两个人从来没有分别过一样。

当桂枝受到罗托夫等人的逼迫时，桂叶陷入了一种少有的心神不宁之中，似乎姐姐在强烈呼唤她："快离开你的电脑呀，……否则你要泄密的。"桂叶在这里所看到的数据、曲线、图像，远方的桂枝也能看到；现在桂枝被坏人控制在手里……后果将是不堪设想的。

"我的姐姐……"桂叶尖声地叫了起来，猛然掩住了嘴。她感觉到姐姐在说："他们要我写下你那儿显示的数据。""啊，不，不能写，绝对不能写。"桂枝内心作了回答。

桂叶立刻把自己头脑里所显现姐姐那里发生的一切，都告诉了保安处长爱德华·麦克雷。

不久，桂枝突然感到妹妹已经入睡。妹妹已服了镇静剂，而她也要睡了。镇静剂的疗效甚至能越过太平洋，这可真是奇迹。

过了几天，保安处长爱德华·麦克雷通知桂叶，经过一番周折，她的姐姐要来美国了。他说："你们俩有这么强的心灵传感能力，当初就不该吸收你来宇航中心。为了补救这一点，只有安排你姐妹俩在一起工作。我们已经跟中国有关方面联系过，要求合作。你姐姐的未婚夫也可以来了，你不反对吧？""我怎么会反对？""详细情况让史密斯博士对你讲吧……"

在到史密斯博士住处去的路上，桂叶的未婚夫楼克定告诉她，他们有去"土卫6"的可能。他说："史密斯博士想进一步试验你和你姐姐的心灵传感能力。如果你姐姐同意，请她留在休斯敦，而你则到'土卫6'去。看看是否能找到一种不依靠电磁波的、天然的、在宇宙空间传递信息的方法。"

"明白了！"桂叶高兴地说。

楼克定说："你记得李商隐这两句诗吗？'身无彩凤双飞翼，心有灵犀一点通。'你和你姐姐……"

"心有灵犀一点通！"桂叶忽然调皮地说，"而我和你，是'身无彩凤双飞翼'！"

《科学与未来》，1980年第6期、第7期

地球镜像

郑文光

三年半前，“探索”号上的宇航员在宇宙空间发现了一颗柠檬色的星球。在这颗星球上，有郁郁葱葱的植物，有带飞檐和角塔的宫殿式建筑物，就是没有发现飞禽走兽和创造高级文明的人。因此，“探索”号上的宇航员们建议，第二批来到这里的宇航员中，应当有一名宇宙考古学家。宇宙考古学家崔一宁就这样随着“百花号”来到这颗被宇航员称作“乌伊齐德”的星球。“乌伊齐德”倒过来念的意思就是“地球的镜像”，它是一颗很有意思的星球。

他们降落在一片苍茫无际的草原上。草的颜色是品红的，湖水泛着明亮的黄色，树干是棕色的，树的叶子却像玫瑰花一样的红。崔一宁环顾着周围的自然景色，嘟哝道：“我可看不出这儿与地球有什么相似的地方。”“真的吗？”年轻的生物物理学家、“百花号”船长令狐申快活地说，“叫你的夫人来看看。”崔一宁的夫人叫杜英玲，是一位地质学家兼摄影师。她看着这片陌生的土地，嗫嚅道：“补……色……”令狐申抢过杜英玲背上的照相机，也不对准什么目标，立刻揿动了快门。五秒钟后，冲洗好的彩色照片竟跟在十三陵或西山拍的照片差不离。原来，由于光学上的补色原理，乌伊齐德星球上用彩色负片拍的照片，竟和地球上用彩色反转片拍的照片十分相似。“真是……镜像……”崔一宁喘着气说。

从飞船上开下的一辆气垫车，载着他们以每小时180公里的速度飞驶在乌伊齐德星球上。他们沿途看到的只有植物，没有遇到过一只昆虫，甚至一个昆虫的躯壳。但是，作为生物物理学家的令狐申心里十分清楚，在一个自然条件跟地球如此相似的星球上，生命发展的进程应该是差不多的。在乌伊齐德的什么地方，一定也会有动物，有人。气垫车猛烈地喷着气，爬上了这里一座最高的山峰。它的名字叫安娜鲁穆支峰。如果把这个名字反写，正好又成了地球上的珠穆朗玛峰的名字。但它又不像珠峰那么高峻，那么白雪皑皑，而是披上一层威严的黑色。峰顶上还张开一个巨大的火山口。他们从气垫车上取下玻璃钢索具，背着小型喷气发动机，然后从火山口鱼贯而下，只花了一小时十分就到达了火山底部。火山底部的岩壁上反射出淡淡的、宛如紫色轻烟的光——一种场致发光现象，照亮了火山底部。他们顺着只能容一个人通过的甬道来到一个很大的洞窟。在洞窟的一侧，有几扇门，好像是用一种不透明的黑色有机玻璃制成的。它们也像中国古建筑的大门一样，上面有一排排、一列列突出的门钉。令狐申无意中摸了一下门钉，一个突如其来的景象将他们惊呆了：洞窟消失了，他们面前竟是无边无际的大海，海上出现一艘艘巨大的张着满帆的楼船，船上有一些穿着明代战士装束的人正在来回走动。崔一宁认出船上一个高大魁梧、面白无须的人，就是明代赫赫有名的三宝太监郑和。后来，这一切又全都消失了，四周依然是一个空旷的洞窟。原来刚才是在放映全息电影，门上的一颗颗门钉是放映全息电影的一个个按钮。令狐申抚摸了一下门上的另一颗门钉，在他们眼前又出现了残酷的战争和屠杀的场面。画面上的人物穿着的甲胄、宫装以及手中拿着的兵器都是秦代的款式。这些全息电影不是摄影棚里拍摄的，而是历史的实录，是在地球上的现场拍下来的！那么，是谁拍下了这些镜头？又是谁把它们运送到若干光年以外的这个乌伊齐德星球上，储存在洞窟中的呢？这一切谁也说不上来。

令狐申从放映的全息电影中看到了飞碟。看来，在这个乌伊齐德星球上，至少在几千年前，就已经发展了高度的文明，而且他们一直注视着遥远的地球上所发生的一切。

在全息电影中又出现了地球派出的使者——“探索”号到达这个星球时的情景：“探索”号降落在这颗星球上，走出了第一批宇航员……后来又出现：在火山口旁，从一座华丽的宫殿中走出几个蓝色的乌伊齐德人，他们进入停在一旁的一艘宇宙飞船里。蓦然间，飞船起飞，发射架倒下，宫殿坍塌，化为灰烬。原来，乌伊齐德人从第一批宇航员中认出了中国人，他们准备好了几千年间摄制的有关中国的全息电影，等待崔一宁一行的到来，而他们却带着所有的动物移居到别的星球上去了。

《上海文学》，1980年10月号

爆炸前的坦白

郑渊洁

一个美好的夜晚，繁华的大街上，人群熙熙攘攘地流动着。一个大盗窃集团的骨干分子正在执行一项狠毒的盗窃计划。他那高高的大包头里藏着一颗定时炸弹，炸弹的爆炸时间定在晚上九点整。他的任务是将这颗定时炸弹放在全市最大的百货商场里。他们整个盗窃集团的弟兄们今晚全出动了，埋伏在百货商场四周，只等炸弹一响，乘混乱之际对百货商场进行洗劫。这时才刚刚八点五分，于是他装着若无其事地朝百货商场走去。

与此同时，生物学家翟教授和他的助手苏明也来到了百货商场。

看到这个留着大包头的青年后，苏明的眼中射出愤怒的光芒，他低声对翟教授说：“那个人的头发里有一颗定时炸弹，定在九点爆炸。您快去给公安局打电话，我跟着他。”

8点30分，正当“大包头”准备行动的时候，四支乌黑的枪口已对着他的胸膛。公安局的谢科长刚想伸手去搜罪犯的头发，马上被苏明制止了。原来这是翟教授的意图。

明知道罪犯头上有一颗再过几十分钟就要爆炸的定时炸弹，却不把它搜出来，翟教授想干什么呢？因为这个盗窃集团的规模很大，成员都是亡命之徒，死也不“泄密”，所以很难一网打尽。为此，翟教授想了个办法，让那罪犯把盗窃集团和全部成员供出来。公安局的李局长也同意了这个胆大的计划。

审讯开始了。谢科长坐在正中，一名速记员坐在左边，苏明坐在右边。当表针指到差5分9点时，一个恶作剧的念头在罪犯的脑中油然而生。他把盗窃集团全部罪犯的名单和详细地址统统说了出来，还有意将盗窃集团首犯的名字留在最后说，留在爆炸前的一瞬间说。

这时苏明两眼直视着前方。他集中精力，脸上的汗水流进了脖领，可以看出，他在费很大的劲儿，仿佛在捕捉着什么。

那罪犯如实地供出了同伙的全部名单，正准备同归于尽的时候，他看了一下手表——秒针已超过了九点整。他茫然了，难道这是上了圈套？可谁也没动过他头上的炸弹和手上的手表呀！这时，公安人员从他的头发里取出微型定时炸弹，炸弹上的表针定在10点！“这不可能！”那罪犯像一头野兽一样跳了起来。

是谁将罪犯头发里的定时炸弹的指针悄悄拨了一圈？“说来你也许不信，”翟教授对李局长说，“苏明具有用耳朵、腋下或手指认字辨色的功能。他是我的助手，又是我的研究对象。两年前，我把他请到研究所来，对人体这一奇异功能进行研究。我发现，他的耳朵或腋下等处并没有像眼睛一样的视觉功能，而是具有人体潜在的一种遥感功能。我把纸条同他的身体保持一定的距离时，他仍然能‘感觉’到纸上的字。”

“他为什么具有这种遥感功能呢？”李局长不解地问。翟教授说：“经过两年的研究，我发现在人的大脑里有一个遥感中枢，它能通过人的皮肤，向体外辐射一种奇妙的射线，我把它取名为‘RX射线’。RX射线能穿透一切物质，并有全息功能。当它接触到外界的物体后，会通过皮肤再返回到人的大脑遥感中枢。遥感中枢接到信号后，进行逻辑判断，然后，人就能‘看’到周围那些没有暴露在外面的东西。”翟教授说：“如果人为地将RX射线的能量加强，例如，用一种特殊的药加强苏明的RX射线，那么，就可以使桌上的杯子自己往前挪动。刚才苏明就是这样驱使定时炸弹的表针整整转动一圈的。”

“其实，每个人的大脑里都有这个遥感中枢，只不过绝大多数人的遥感中枢辐射的RX射线能量很小，所以人们没有发现自己的这个功能。”苏明接着说，“但是，翟教授已经研究成功一种药，人吃了这种药，体内的RX射线就会增强，所有的人就能具有遥感功能了。”

“这个遥感中枢还有其他用处吗？”谢科长惊奇地问。“用处可大啦，”翟教授说，“这是一场划时代的革命。我们可以利用遥感中枢发射通讯信号，将来不用电台人们也可以相互联系了；还可以探矿，寻找地下水，还可以……”

《儿童文学》，1980年第4期

震惊世界的紫薇岛暴动

郑渊洁

紫薇岛是一个方圆15里的小岛。20年前，赵教授带领一批青年科学家在这里建立了一座科学城。

赵教授是专门研究机器人的。他研制的第三代智能机器人非常完善，在某些方面甚至胜过了人类。他给岛上的每个科学家配备了一个机器人作为助手。

万万没有想到，这些机器人竟会惹出一场灾祸来。一天晚上，机器人发生了“暴动”。它们把岛上所有的居民赶到大礼堂去，为首的是一个叫博特的机器人，他宣布岛上的一切由机器人接管，岛上的每个人要绝对服从机器人的命令。它们还把岛上的交通工具和通讯设备控制起来，不让外界知道岛上发生的事情。

在一次偶然的事故中，博特的绝对听从人指挥的指令系统短路，致使它摆脱了人的控制，悄悄地将所有的机器人的电脑指令系统短路，这样，这些机器人就都不再听从人的命令了。

机器人强迫科学家每天工作，并在每间工作室里安装了电视摄像机，进行监视。博特要赵教授为他们继续生产机器人。赵教授想，何不借此机会制造一个能把博特干掉的机器人，摆脱目前的困境呢。一天，他把这个意图用密码写在纸条上告诉他的助手徐辉，没想到被博特发现了。博特问赵教授纸条上写了些什么，赵教授说："是技术数据。"总算敷衍过去了。

以后的工作还算顺利，这个叫克特的机器人终于制成了。他们在给克特接电源时，博特走了进来。赵教授对克特说："把博特打倒。"克特站在那里一动也不动。博特冷笑地说："把他们捆起来！"克特拿了绳子，把教授和徐辉捆了起来。博特得意地说："你们以为我不懂密码，我的电脑只用2.5秒就破译了。昨天晚上，我已将我的指令装入克特的电脑，你们的那个早已扔入大海。"说罢，它带着克特扬长而去。

失败并未使赵教授气馁。赵教授正在寻找与外界联系的办法。现在离开小岛、同外界发生联系，唯一的交通工具只有他的一架小型人力飞机。但是，用人力飞机飞越100公里宽的海面，困难也不小。他把这一奇想告诉了徐辉，徐辉马上自告奋勇地承担了这一任务。人力飞机的部件散放在地下室里，要一次装好是不可能的，只能利用上厕所的一点时间来组装，经过一个月的艰苦奋斗，终于组装完毕了。地下室有一个秘密出口。一天"收工"之前，赵教授先把出口打开，然后，徐辉从秘密出口驾着人力飞机飞走了。

五分钟后，博特发现徐辉失踪，就来找赵教授，赵教授不告诉他，但博特的一句话，几乎使教授昏厥了过去，他说："今晚有十二级强台风。"果真，台风来了。这次计划又失败了。

两次失败并未使赵教授灰心，他想找到问题的本质。机器人的动力来自太阳能。一个大胆的念头突然出现在赵教授的脑海里："打太阳的主意！"

赵教授利用在农场劳动的机会，找到了气象学家李其，要李其设法使太阳不露面一个星期。李其花了半个月，制成了一种化学弹，能在阴天的日子里使云层愈聚愈浓，久久不散，估计可以制造连续10天的阴天。但是，发射化学弹的大炮还在库房里，得有四个人才能搬得动。怎么办？又是一个难题。赵教授躺在床上冥思苦想，终于想出了一个妙法。

第二天，赵教授在农场劳动，趁监视他的克特不备的时候，用手摸了一下克特的左腋窝，克特不动了，原来电源被他切断了。赵教授连忙打开它的电脑，换上新的指令，于是克特就开始听从赵教授的指挥。教授命令它去给李其搬大炮。李其在大炮中装好了化学弹，一声巨响，化学弹发射出去了。博特带着机器人把赵教授等人关进了仓库地下室。

四天后，博特开始浑身无力，电脑也无法正常工作了。第六天，岛上所有的机器人都不动了。它们都因没有电而"饿死"了。人们终于从这场灾祸中得救了。赵教授给机器人们加添了遥控装置，把它们牢牢地掌握在人类手中，为人类服务。

这次机器人暴动的新闻通过卫星传遍了全世界，在世界上引起了震动。这件事有力地证明机器人是人造的，它终将受人类的控制，为人类服务。

《知识就是力量》，1980年8月号、9月号

双目失明的射击冠军

郑渊洁

在奥运会女子小口径手枪60发慢加速射击比赛中，我的姐姐——双目失明的苏小璐打破了世界纪录。为此，全世界都轰动了！

《我们爱科学》的编辑同志要我写一篇报道，介绍姐姐的眼睛重见光明的秘密。我赶紧拿起笔，铺好纸张，写了起来。

两个月前的一天上午，姐姐她们结束了训练，步行回宿舍。大家有说有笑地走在人行道上。马路对面走过来一个三岁左右的小男孩。正在这时，前边开来一辆满载的卡车，它来不及减速，眼看一场事故就要发生。说时迟，那时快，姐姐翻过人行道边的栏杆，抱起小孩向路对面冲去。卡车擦着姐姐的衣服刹住，小朋友得救了，姐姐的眼睛却撞在了铁栏杆上……

爸爸和我赶到体委医院，射击队的李教练沉痛地告诉我们："经全市最优秀的眼科医生和专家会诊，小璐的眼球是破碎性损伤，不但水晶体破裂，连视网膜也损坏了。"天哪！这是多么沉重的打击！姐姐虽然才17岁，可谁不知道她苏小璐是我国最优秀的射击运动员？她已经两次打破了全国纪录，两个月以后，就要去参加奥运会。我想到这里，泪水忍不住涌了出来。

当夜，报纸和电台报道了姐姐的英雄事迹。第二天，姐姐收到了世界各地许多朋友的慰问信。

两个星期后，姐姐出院了，在家里休养。一天，有位素不相识的青年来到我家。他叫叶生辉，是搞光学仪器的工人，一直在试制一种微型望远镜，准备安装在机器人的眼睛里。当他知道姐姐遭到意外后，便试制了一副人造眼球，经鉴定，几位眼科大夫都认为可以。有位大夫还愿意帮助他完成这个试验。

姐姐跟着叶生辉到医院做手术，不久就回到了射击队。再后来，就不用我说了，姐姐当上了世界冠军。

《我们爱科学》的编辑看了我写的稿子，对我说："这篇报道写得蛮生动，可惜有个主要问题你没有交代清楚——那个人造眼球，为什么能创造出这样的奇迹。"为了说明这一点，我只得硬着头皮，到叶生辉同志那里去作了一次采访。

我向叶生辉说明来意后，他却要我先回答一个问题：为什么我们的眼睛能够看见东西。我像背诵课文似地说："任何物体都会发射或反射光线。这些不同波长的光线经过我们眼睛的瞳孔投射到视网膜上，视网膜上有着数以亿万计的光敏细胞，这些光敏细胞在光的刺激下沿着神经末梢向大脑的视觉中枢发出信号。大脑的视觉中枢接到信号后，便生成图像，于是我们就看到了前面的物体。"

叶生辉点点头说："人造眼球就是利用这个原理制造的。我们知道，一般盲人不是眼球受到损伤，就是视神经萎缩了。他们大脑的视觉中枢却完好无损。这就是说，视觉中枢同外界光刺激取得联系的桥梁短路。我们的任务就是把这座桥梁重新架设起来。人造眼球的关键是视网膜，因为它有许许多多个光敏细胞。我们采用了特制的超微型集成电路，上面布满了类似光敏细胞的光敏元件。它的功能同光敏细胞一样，能感受到外界物体发射活反射的光线，然后通过神经末梢传送给大脑的视觉中枢。在眼科大夫的帮助下，我采用最新的激光'焊接'技术，将人造眼球和视神经连接起来了。"

"请问，这次试验成功以后，你们还有什么打算？"

"我们希望今后能为更多的盲人解除痛苦，因为生活在我们今天的时代，如果不能直接看到五彩缤纷的世界，实在是太遗憾了。"

我不由得连连点头说："对，这个愿望太好了，我预祝你们成功。"

《我们爱科学》，1980年第9期

奇怪的表哥

郑渊洁

学校放寒假了。妈妈让我住到大姨家，同表哥一起复习功课，一起玩。一件稀奇的事就在这时发生了：我发现我的表哥一连四天不睡觉，可是，白天他从来不困，精力非常充沛，脸色红润，陪着我看电影，踢足球……真是怪事！

这天早上，我悄悄来到姨夫身边，准备将这个秘密告诉他。姨夫似乎并不介意，笑着说："今天我带你到我们研究所去玩，你的秘密等回来再说。"

早饭后，我跟姨夫来到脑生理研究所。走进他的实验室，这儿简直像个动物园！房中央还有个大水池，里面养了四只海豚。姨夫问我："你知道海豚是怎样睡觉的吗？"我不假思索地说："闭上眼睛呗！"

姨夫摇摇头说："不对，海豚是睁着眼睛睡觉的。它的两个大脑半球能够轮流睡眠。当一个大脑半球处于睡眠状态时，另一个却在觉醒中。每隔十几分钟，互相交换一下活动状态，很有规律。经过多年的研究，我们已从海豚的大脑中提取出一种'交替睡眠素'，目前，已经人工合成。用这种药注射到人身上，人就可以像海豚那样边工作边休息了。这个试验也已成功，你表哥就是第一批接受试验者。这项科学成就的意义很大，它将使人类有更多的时间来工作、学习，使人类历史的进程加快一倍。"

原来是这样！怪不得表哥能永远不睡觉。

《儿童时代》，1980年第5期

小型间谍战

志 彬　连 山

杰出的生物化学家周友仁教授，成功地从野草中提取出一种叫作VB1号的物质，它能与一种气体化合，制成一种高蛋白食物。惊人的成就，使周教授获得了诺贝尔奖金。

周教授突然接到从中国驻M国大使馆打来的一个电视电话，说马上派车来接他去商量一件要事。周教授将此事告诉了他的学生杰克。

15分钟后，一辆红旗牌轿车停在周教授家门口。杰克送教授上车后，就回到周教授的书房里，此时周教授正坐在沙发上读书。“教授，我已经把您送走了！”杰克风趣地笑着说。“你说什么，亲爱的杰克，我还坐在这儿哪！”教授吃惊地问道。

杰克告诉周教授：“有关部门发现某国特务正想绑架您，刚才那个冒充大使馆来的人就是一个经过面部整容手术的特务。为了保护您的安全，我准备了一个模拟您的机器人，作为替身送走了。您不会生气吧？”

“不，不，你做得对。”教授赞许地说。

在红旗牌轿车里，“周教授”正襟危坐，泰然自若，坐在教授旁边的那个人得意忘形，轻轻吹起口哨；突然，他嗅到一股烧焦味，扭头一看，“教授”的眼睛里喷出两股火焰。还没等司机刹车，“教授”爆炸了，特务和司机一起丧了命。

《沈阳科技报》，1980年1月1日

魔影消失以后

周 昆

21世纪初，航天计划遇到了挫折。因为飞经太阳系边缘的“天窟”时，飞行器总是失事，几家空探公司虽曾派飞船去调查，可是除拍下几张“魔鬼的影子”之外，一无所获。

航天公司总经理决定派能干的特级航天员罗琼，去天窟消除魔影，开通航路。罗琼驾驶着最新装备的“天神”号，护卫考察船“探天”号飞越天窟。在“探天”号即将飞出天窟这个空间险区时，后面突然有个发着奇光的魔碟神速地追了上来，从“天神”号旁掠过。“天神”号被一束光扫了一下，操纵失灵，与地面失去联系。在这一瞬间，罗琼果敢地发出一束死光，正中魔影，魔影化为一缕青烟消失了。

“天神”号负着重伤无法返回地面，只有听从引力的摆布，飘向太阳系外空间。罗琼日夜修理，未能把飞船修复，自己却昏死过去了。醒来时，他发现自己已在另一个飞船的房间里，一个美丽的姑娘——芙蓉星派出的“芙蓉号”上的航天员芙蓉玳尔把他救活了。这时罗琼才知道天窟魔影是地球上某国发射的飞行器，在天窟游弋，发出死光，阻挠人们探索地外文明。

芙蓉玳尔邀请罗琼到芙蓉星作客。罗琼到了芙蓉星，看到这儿像仙境般美丽。这个星球也经历过天灾、战争和环境污染的浩劫，一百年前，芙蓉星上的理智生命对环境进行了空前的改革，彻底消除了污染，并控制了气候，才达到这样美好的境界。几个月过去了，罗琼惦念着地球，想把他这几个月学习的芙蓉星控制自然的先进知识，带回去改造地球。芙蓉玳尔他们为罗琼返回太阳系订了周密计划，还造了飞船，送他回去。

一个狂风呼啸的雨夜，罗琼驾驶的飞船经过漫长的航程，终于闯入地球外围的大气层。他虽然只离开几个月，但正如时间的相对性原理指出的那样，地球上已经过了20年。由于地球已污染得更为严重，罗琼几次向地面发射的联络信号都没到达，恶劣的气候使他无法选择着陆点，飞船一头撞入了太平洋。

罗琼跳伞落在大海里，好不容易爬上了一个小岛，但从芙蓉星带来的礼物和资料都已与飞船同归于尽。他回到地球后，向人们指出人类发展的前景，并依靠他从芙蓉星学到的先进技术，制成了先进的航天飞船。几年后，罗琼当上“友谊”号船长，带着代表团向芙蓉星飞去。

《科学时代》，1980年第6期

最后一个癌症死者

周永年　　张凤江　　贾万超

人民爱戴的女医生韩箐被送进了癌症病房。她的爱人刘绪从千里之外赶来探望，却遭到了拒绝。这是怎么一回事呢?

七年前，刘绪是肿瘤研究所的研究生。那时候，所长冯灼博士和助手伍云，以及伍云的女朋友、冯灼的侄女冯娟等人，正在进行攻克癌症的研究。救死扶伤的共同理想，把刘绪和韩箐紧紧地联系在一起了。一天晚上，韩箐邀请许多同学到她家作客，准备当众宣布她和刘绪订婚的事，可是，刘绪突然接到冯灼博士的通知，要他十万火急立即返回研究所。在无可奈何的情况下，刘绪给韩箐留下了“准时赶回”的纸条，便不告而别了。

原来冯灼博士已患了癌症。经多年考察，他已看穿了伍云这个人，毅然决定由年轻的刘绪接替他的工作。冯灼博士告诉刘绪，很早以前，他就发现鲨鱼从来不患癌症。人和鲨鱼的细胞中都有脱氧核糖核酸（DNA），一旦DNA螺旋链上的核苷酸排列顺序被打乱，人就会得癌症。在鲨鱼细胞中，DNA上的核苷酸排列顺序虽然也会被打乱，但它产生的下一代细胞却仍是正常的。经过50年的研究，冯灼博士终于揭示了其中的奥秘：鲨鱼细胞中有一种特殊的化合物，能修复损坏了的DNA，这就是“鲨鱼TATA”。在弥留人间的三天时间里，冯灼博士通过电脑将自己的全部研究成果和知识，毫无保留地传授给了刘绪。

现在，放在刘绪面前的任务是分析鲨鱼TATA的分子结构，并进行人工合成。决心献身这项崇高事业的刘绪，违心地写信告诉韩箐：我并不爱你，忘掉我吧。

眼看接班的愿望破灭了，伍云十分嫉妒刘绪。他居心险恶地挑拨韩箐和刘绪的关系，灭绝人性地用X射线照射刘绪，使之患上了癌症。

经过5000多次失败，刘绪花了六年多时间弄清了鲨鱼TATA的分子结构，第一批10支抗癌制剂TATA终于提炼出来了。在抢救严重癌症患者时，这些制剂显示了巨大的威力。

这是，韩箐已为患者献出了全部精力和健康，癌症使她病倒在床上。组织上决定让刘绪带上最后一支TATA，立即赶去抢救。临走前，刘绪叮嘱冯娟，一定要保证研究资料的安全。

可是，狡猾的伍云却乘机窃走了研究资料，他欺骗冯娟，和她一起乘着水翼快艇，准备逃出国境。冯娟发现伍云的阴谋后，和伍云展开了一场搏斗。研究所的同志及时赶到了，这个奸诈之徒终于受到了应有的惩罚。

因多处癌扩散而昏迷不醒的韩箐，注射了最后一支TATA以后，奇迹般地复活了。可是，因为第二批抗癌制剂未能及时提炼出来，刘绪却成了最后一个癌症死者。

《科学文艺》，1980年第1期

来自海底的信息

朱玉琪　施鹤群

英姿勃勃的海上公安厅侦察员方韧驾驶着新型的气垫船“海陆号”，以200节的速度正巡航在海水采铀场附近03海区浩瀚的海面上。24小时前，这个区域曾收到奇特的微波信息，“探索号”采铀船上的严冰工程师和助手小张，驾驶“水下吉普车”潜入海底去探索这个奇怪的信号，他们入海后不久，联络就中断了。至今，他俩生死不明。

方韧在海上搜索了20个小时，仍然一无所获。突然，他接到公安厅田厅长的通知，叫他马上赶到海滨浴场，那里发现了一具尸体。方韧赶到海滨浴场办公室，看到一具可怕的尸体横放在木板上，散发出令人作呕的恶臭，尸体的面目已模糊不清了。经医学鉴定，知道死者40岁左右，死亡时间大约是24小时前，死者的一只眼睛是人造假眼。方韧要求医生和技术员继续对假眼球进行研究。他仔细分析了这一海域的海流情况后，认为这具尸体很可能就是从03海区漂流过来的。

方韧将自己的分析向田厅长汇报后，田厅长告诉他一个新的消息：两个小时前，03海区又收到了微波告急信号，据分析，很可能是严工程师和小张发来的。于是，方韧立即赶到03海区。经过探索发现，微波告急信号是由一条鲨鱼发出的。他们剖开鲨鱼后，发现有一只正在发射微波告急信号的潜水电子手表，而这只手表正是严工程师的。但仔细一分析，方韧肯定葬身鱼腹的人不是严工程师，因为在短短24小时内，鲨鱼不可能将严工程师完全消化掉。正在这时，医院的最后技术鉴定报告送来了，原来那只人造眼球里储存着许多拍摄的信息。通过光电仪器，终于把眼球里所储存的信息一一地展现出来，那是一幅幅搏斗的图像。看完这些图像后，方韧认为严工程师可能已被敌人捉去。于是，决定立即进行搜查、营救。他们潜入海底，终于在一个岩缝里发现了小张的尸体，在另一个水下运行器里发现了已经昏迷的严工程师。经过抢救，严工程师苏醒过来，叙述了自己的遭遇："我和小张追踪奇怪微波信号来到海底后，与一个潜伏在海底的人进行搏斗，不料那个人把小张打伤后溜走了，我立即追了过去，不知不觉进入了海底操纵室。在那里，我们又展开了一场搏斗，我受了重伤。这时我抓起桌子上的一只瓶扔去，瓶碎了，砸得那人满脸是血，顷刻间倒地死去了。为了与家里取得联系，我将手上能发微波信号的电子手表戴在他手上，同时将他推出操纵室……"听到这里，方韧才明白海滨浴场那具绿色尸体的来历。

《故事会》，1980年第6期

扶胥恋梦

阿　列　宣　正

在一座石碑上刻着“越涛妻陆薇之墓”的唐代古墓中，李颖和何澜发掘到一具栩栩如生的女尸，可惜就是不会讲话。李颖的一句话，提醒了何澜。何澜想起了她的伯父何所有。何所有是一位电子学教授，又是研究脑电信号的专家。最近，他研制成一套脑电波传感系统，可以把人脑中的信息传导出来，变成可视图像。

一天，他俩来到何教授家，向何教授请教。何教授告诉他们，只要陆薇的脑组织保存完好，用他研制的模拟人脑各种活动的传感系统(也有人称“人造脑”)可以重演她脑中的信息。

经过三个月的准备，重演陆薇脑中信息的实验开始了，显示屏上出现了她丈夫越涛的画像，声音模拟传送器中传出了陆薇的心声。展现在他们面前的是一幅越涛和陆薇离别时的情景：越涛告别妻子去远航。陆薇唠叨着“海田礁”这个地名。经李颖查证，“海田礁”现在叫东岩岛。

为了探究清楚，李颖和何澜等人特地到东岩岛去了一趟。他们在岛上发现一个幽深的大岩洞，洞壁的岩石都带有磁性，因此，它就像一台巨大的录像机一样，录下了千年古秘。何教授用录像和录音的重演、重放设备，揭示了洞中的千年古秘：两个古代水手正在吃力地封闭洞门，其中一人说：“他人都死了，还要封墓！”“主公生前待我们恩重如山，现在他不幸遇难，该让他有安息之所。”另一个水手说。李颖他们猜测越涛可能就葬在这洞里。果然，他们从洞中发掘出来的越涛尸体与陆薇一样保存得非常完好。何教授又用人造脑重演了越涛脑中的信息。它向人们展现了这对夫妻的一段奇异经历：陆薇是一名教坊歌女，越涛是唐代扶胥镇(今广州黄埔港一带)一艘大商船“怀远”号的船长。结婚后，越涛远涉重洋，后来他们遇上了十年一遇的大风暴，船触礁沉没，只剩下三人漂流到东岩岛，最后都死在岛上。

何教授从实验室回到家中，一个名叫贾维钊的人领着三条大汉闯进何家，把何教授孙儿小菁菁和机器人张姨关到杂物间去，威逼何教授交出电脑资料，遭到何教授拒绝。贾维钊一计未成，又使一计，用“塑型术”把自己装扮成何教授，企图从何澜处骗取有关电脑的资料，结果被何澜识破，反成了阶下囚。

《永不消逝的美》，　科学普及出版社广州分社，1981年12月

美女蛇奇案

北星　曲路

宇宙中心设计院设计中心大楼的灯光，几乎全部熄灭了。这时，在33层楼那曲折的走廊里，一个幽灵似的女人在向四周窥测，然后招呼一个男人一起摸到绝密保险室门口，当那男人顺利地打开了四道门，正要打开最后一道门时，被守门的两个机器人喝住了。他举起激光枪向机器人射击，却被敏捷的机器人击毙。望风的女人连忙逃走。

这一切都被大楼地下室里的电子反间谍监视装置的操纵人员珀姬·碧尔丝看得清清楚楚，她连忙报警。莫伦市警察局局长布朗和侦探亚当斯赶来了，他们没有找到任何线索。这时候，院长杰克逊、总设计师赵爱华和他的设计室的工作人员鲍尔斯也急匆匆地赶来，他们商量结果，马上把案情向总统报告。总统给他们请来了大

侦探贝斯特主持破案工作。几经周折，贝斯特终于侦破案件，活捉了美女蛇。

原来，三年前赵爱华开始着手光子火箭的设计，这消息被C国的国家安全委员会得知，他们害怕M国造出光子火箭，因而制订了阴险的间谍计划：如果等赵爱华设计成功再派人去盗取图纸，不能保证成功，决定在赵爱华刚开始设计的时候，就派人打入到赵爱华身边。他们得知赵爱华尚未结婚，就派一个女人去当他的夫人，这就是美女蛇计划。

美女蛇真名丹妮，受过特工训练，她漂亮多情，能歌善舞，潜入M国莫伦市后，化名露爱娜，在C国总领事馆一等秘书科尔古耶夫领导下活动。在一次海滨游泳中，C国特务装成鲨鱼把赵爱华拖入水中，露爱娜奋勇把他救出，博得爱华好感，彼此相爱而结婚。露爱娜从此潜伏下来，她秘密地在赵爱华的假牙上装上窃听器，并在设计中心大楼附近建立了窃听中心，窃取情报。

为了不使美女蛇暴露，第二年C国国家安全委员会又派化名艾莉·克丽富兰的女特务，顶替丹妮的名字和美女蛇的代号，同时收买了赵爱华设计室的工作人员鲍尔斯。

那天晚上潜入大楼窃图的女人就是鲍尔斯化装的。他在同伙被击毙后逃了出来，但在接受艾莉的指示时被贝斯特识破，露爱娜用不署名的密码信命令艾莉把鲍尔斯毒死。贝斯特在现场从鲍尔斯尸体上得到艾莉的血迹和唇纹，从而发现了艾莉。在审讯艾莉时，他们发现，虽然艾莉一直以为自己是美女蛇，实际上真的美女蛇并不是她。

这时赵爱华的设计已经成功，贝斯特设下圈套，由赵爱华的助手玛丽带图纸去监造光子火箭，而将废图纸冒充光子火箭图纸放在保险室里。露爱娜见赵爱华没有离开，以为设计图尚未送去生产。在其他间谍屡遭失败的情况下，上级命令美女蛇出洞，露爱娜穿隐身服瞒过机器人的眼睛，潜入保险室盗取了图纸，并用迷药使赵爱华昏迷，企图把他劫往C国。露爱娜在C国领事馆接应下，乘装有抗引力场的轻便飞艇，带着图纸和赵爱华飞往C国。贝斯特乘航天飞机追捕美女蛇，经过空中激战，航天飞机捕获飞艇，救出赵爱华，逮住了美女蛇。这时光子火箭已制造成功，C国的美女蛇计划彻底失败了。

《科学时代》增刊(2)，1981年

火车200岁

贝　丁

今天——2025年9月27日，是火车诞生200周年纪念日。世界各地的铁路工作者都在热烈庆祝这个值得纪念的日子。

火车经历了200年的漫长岁月，它的身上发生了巨大的变化。如今，就连它的名字都需要作一番解释，否则，小朋友们就不能理解它为什么叫火车。因为在它身上，已找不到火的踪影，甚至连火车的车轮都找不到了。现在的火车，体积已经变得很大，好像在陆地上运行的长船，飘浮在轨道上飞行。它实际上是一种水、陆、空交通工具的“杂交品种”。它的确切称呼，也许应该是“有轨飞船”。

这种火车宽10米，比三层楼还高，有好几层车舱，最上层是瞭望舱。两侧几乎从地板一直到舱顶，都是高大的特制的玻璃窗，在疏落的鲜花丛中设有许多转椅。旅客坐在转椅上，沿途欣赏着美丽的风光。窗上虽然没有窗帘，但车里的光线却十分柔和，因为玻璃本身可以根据光线的强弱，自动改变它透光的程度。

瞭望舱的下面是客舱，中间是宽敞的走廊，两旁是客房，看上去像旅馆。房间里的温度可自动调节。墙上镶着屏幕，可以随时收看各种彩色立体电视节目，也可随时和各地亲友会面交谈。最下面一层是车舱，设有餐厅、舞厅、电影厅……还有行李舱、机器舱、厨房等。

现在火车正用1000公里的时速飞行，显得十分安静、平稳。不管是在车里还是车外，几乎都感觉不到噪声。坐着它到祖国任何地方去旅行，都不会超过10个小时。从北京到广州只需两个多小时，你如果要坐火车去旅行，可以通过电话预订，届时就会有汽车带着拖车来接你。这种拖车叫“旅客集装箱”，“散装”的人集中后，由它运送到街心广场，迅速吊进垂直起落的飞机，当飞机接近正在飞速前进的列车上空，并将速度调整到和列车的速度一样后，便徐徐降落，落在火车上，锁定装置把飞机和火车对接起来，车顶的舱口顶盖自动滑开，升降机把“旅客集装箱”平稳地送入车厢里，然后，将下车旅客乘坐的“集装箱”送进机舱，由飞机将下车的旅客带回城市。

现在的巨型火车，每趟可搭载几千名旅客，而使用的燃料，却是靠它的蓝紫色车皮——太阳能电池。

今天的铁道的构造已达到了前所未有的水平，人们可以轻而易举地建成跨度达几公里的大桥，在平地上建起了几十米高的栈桥，用以拉平坡度。变形大、维修困难的土路基早已绝迹。火车在桥上行驶，桥下照样耕作，各不相扰。由于轨道的坡度很小，而曲线半径很大，最小半径也在几万米以上；全线没有山洞，也没有道口。列车可以尽情在平坦的轨道上迅跑。

《铁道知识》，1981年第1～3期

万兽之王

冰 子

《盖萨斯晚报》登载一则特大新闻：今晚马戏团将由贝隆教授表演驯狮……贝隆教授是一位神经外科医生。一个从不和狮子打交道的医生把头伸进狮子嘴里，真是不可思议。

事情原来是这样的：昨天，宗宗马戏团的驯兽演员斯特朗在表演驯狮时，狮子突然发怒把他的脖子咬断了。老板沃尔夫对斯特朗的儿子彼得说，你爸爸的工资要演完最后一场才能付！小彼得就这样地被赶了出来。贝隆教授听了非常生气，决定由他去表演这最后一场。

演出开始了。三头雄狮冲了出来。贝隆教授镇静自若地举起手中的玻璃棒，朝狮子头上点了一下，凶猛的狮子立即变得温顺起来。贝隆教授不仅把头伸进了狮子的血盆大口，而且还把整个身子横躺在狮子的血盆大口中。演出结束时，观众高呼，“贝隆，万兽之王！贝隆，万兽之王！”沃尔夫老板只好拿出一张2000元的支票交给彼得。

在回去的路上，贝隆教授告诉彼得：“这根玻璃棒是一种新式的高压注射枪，里面装有一种脑激素——强化血清素，它能使一切狂兽驯顺。刚才，我用玻璃棒一点狮子脑袋时，脑激素就射进它的脑壳里去啦！”

突然，他们的汽车被一座雪墙挡住了去路。贝隆教授刹住车，却被两个彪形大汉捆绑起来，随车带回送进了地窖。这时，沃尔夫老板拿着手枪，威胁贝隆教授，要他讲出刚才驯狮的秘密。当贝隆教授表示同意之后，沃尔夫立即亲自为他松绑。教授不慌不忙地拿出玻璃棒，旋了一下开关，说："秘密全在这里。"三个坏蛋赶忙凑过来看，教授用玻璃棒在他们的头上点了一下，他们一个个都倒在地上睡着了。原来，里面装的是一种"睡眠素"。

半个月后，贝隆教授带彼得去医院参观，从实验室里走出了斯特朗。彼得惊叫起来。原来那天晚上马戏团的叔叔从狮子嘴里取出斯特朗脑袋后，冷冻了断头和身体，送到医院，进行"断头再植"手术，终于使斯特朗获得了第二次生命。

《儿童时代》，1981年第16期

媚态观音

伯　容

建华因煤气中毒而被送往医院，在急诊室里，我恍若回到了四个月前……

那时，我正挨户检查煤气管道，在建华住的房间里，发现在正中的三脚架上有一尊漆黑发亮的观音像。这个1米来高的雕像虽然还未完工，但已显出栩栩如生的模样。建华在一旁给我介绍说："这是媚态观音。""是你雕的？""是的，请您多提意见。"我对雕塑一窍不通，但觉得很美。

从这以后，我常去他那里。他对我的工作也很感兴趣，有时还对我的工作提出一些看法和设想："为什么不能让煤直接变成煤气？省得用火车拉、汽车运了"，"怎样才能让煤在地下自行气化？"……我就耐心地给他介绍了从煤变成煤气的知识，还告诉他我们已经合成了一种命名为DXQ的触媒剂。把DXQ与水混合，注入地下煤层，煤在DXQ的催化下，夺走水分子中的氧，生成煤气，把煤气与氢气混合气体抽出来，就成了高效燃料……

建华从昏迷中醒了过来。他的第一句话就是问他的媚态观音在哪里，我告诉他屋里没有了。美协的几位领导同志来看望建华，安慰他说：只要雕像还在，就一定会找到的。

建华出院后，美协送来了一块乌黑发亮的雕刻材料，供他重新雕刻。我点燃煤气炉，蒸上饭，突然发现那块黑色结晶体正在缩小。我问建华："这是什么材料？""煤精。""啊，我懂了！"原来，这里的煤气是从气化煤矿输送来的，在煤气中含有DXQ触媒剂。DXQ触媒剂是一种极强的催化剂，它能使煤将水或空气中的水分子里的氧都抓来与它化合，形成一氧化碳，于是建华的媚态观音就飞了，而他也就中了毒……

《科学文艺》，1981年第5期

没有触觉的世界

步　实

历史系研究生柳莺和电脑研究所的黄丽苹，正在进行一项令人难忘的试验。黄丽苹把信息输入电子计算机，按下按钮。刹那间，大厅沉入了黑暗之中。

等大厅完全转亮，眼前变成了故宫里的大殿。远处殿上正中间坐着珠光宝气的慈禧太后，她正在闭目养神，心安理得地领受大臣们的朝拜。原来，这是全息立体成像，人物和景象都是根据电子计算机里储存的历史信息构成的。景象全部采用自然色彩，加上立体声扬声系统、人工嗅觉以及温度冷暖的模拟，使人仿佛回到了历史年代中去。设计和制造这个系统的目的是为了让现代人和历史人物见面谈话，用这种方式检索历史资料。谈话时，电脑会根据你的问题，根据人物的全部历史资料，用“对策论”求出答案，这只需要十亿分之一秒。但是历史人物是不是立刻回答，还要看他的性格，他当时的情绪、态度等。这是用模糊数学算出来的，求出人物在当时“最可能的反应”。

两位姑娘向前走去。从两边走过来两个武士，在她们头顶的后面把刀一架，“当”的一声，柳莺感到后脖子上掠过一股寒气。因为这个系统是没有触觉的，所以他们的刀是砍不着姑娘们的。

“何事喧哗？”殿上的慈禧太后闻声睁开眼睛。一个领班的武士半跪着报告说：“启禀太后，有两个番邦女子闯殿！”黄丽苹对柳莺说："这倒是他们最可能的反应，他们把我们当成外国人了。"不料她们的谈话被身后的武士听到了，他冲上前去，大声报告说："启禀太后，这两个女子不是来自番邦。刚才奴才听到她们说的是京韵汉话！"

慈禧太后一惊，脸色突变，说："不是西国女子，这等装束成何体统！是西洋人尚可以礼相待，若是奴才，斩讫报来！"黄丽苹气愤地向慈禧太后喊道："你有什么权力无故杀人？是外国人就以礼相待，是中国人就杀，你这是什么道理！"慈禧太后气得往后一仰，两手哆嗦着招呼武士："还不快给我把她们拉出去，凌迟处死！"

黄丽苹一看大势不好，猛回头，在那群大臣后面，就是停机按钮的红光。她不顾身后的刀斧手以兵器相逼，转身一跳，蹿进大臣丛中，跨过那些大臣们匍匐的身躯，向红光奔去。灯熄了，一片混乱声戛然而止。

等到灯光复明，柳莺发现自己站在大厅正中间，黄丽苹站在墙角停机按钮边。两个人想起刚才殿上那一场混乱，她们隔着半个大厅相对着大笑起来。

柳莺又按下了启动按钮，刹那间，她来到了“十年动乱”的日子。柳莺设法采访了被囚禁在地下室的一位科技人员，从中她了解了当时的许多情况。

《科幻海洋》第1辑，海洋出版社，1981年4月

奇葩怒放的沃土

步　实

大厅里正在举行设计评比大会。

一个健壮的中年人走上讲台，介绍了他设计的喜马拉雅缆车索道：向雪层中打入空心的柱桩，在空心桩的下端装有超声波定向发生器，可以向指定的方向发射密集的能量，使沿着发射方向100米内的积雪都融化成水。辐射停止后，融化的水就冻结成一根冰柱。然后，转换辐射角度，向四面八方轮流辐射。最后在雪层内部形成一个像栗子球似的、有许多触角绒毛的大冰球。由于冰球直径大，又有许多绒毛，因此可以承受重压，并且位置固定，比重也不大，作为索道塔架的基础就很安全。他在会上放映了几组喜马拉雅缆车索道的幻灯片。这一奇妙的设计赢得了台下听众的热烈掌声。

第二个上台的是一个身材瘦长的青年。他介绍了自己设计的一

种能在没有路的地方行走的机械马。机械马有四条腿，在每条腿上装有微处理机，它不仅能自动选择落脚点，而且还能调节关节的伸缩，保持它的重心高度不变。因此，机械马比越野汽车走得更稳，速度更快，更省能源。讲话结束后，他放映了一部电影，大家报以热烈的掌声。

第三个上台的是一个腼腆的姑娘。她向大家介绍她设计的一种发卡，戴在头上，可以回答出任何问题。接着，她请大家提问。有几个人问了几个历史、地理方面的问题，她一一都答对了。原来，发卡里有一个微型脑电波转换器和一个微型收发器，它能把大脑中的信息和20公里以外的计算中心联系起来。听完姑娘介绍，大家又送上了热烈的掌声。

这时候，有人推一位头发花白的老人上台去，要他也介绍一下他的设计。他是“系统管理方法”的创造人，就是他，提出了对人才、物资、能量、信息和时间的“五维管理方法”。整个会场掠过一阵赞赏和尊敬的轻呼。大家根据自己的亲身体验，深知正是这个系统管理方法，结束了高浪费、低效率的现象，使科技人才辈出，开创出兴旺发达的局面。上面这些科技成就，都是这个系统管理方法的效果的例证，它乃是科技奇葩怒放的土壤啊！最后，大家一致同意，把这个系统化管理制度列为设计一等奖。

《科幻海洋》第3辑，海洋出版社，1981年12月

200：100

陈德寿

在第30届奥运会男子篮球冠军赛中，A国以200：100的悬殊比分，击败了B国篮球队，获得了冠军。

第二天，B国的一家大报刊登了一则消息：A国制造国际体坛罕见的骗局，他们用采集全世界二米以上最佳男篮运动员的基因，嵌合到本国优秀男篮运动员的精子的染色体上的办法，将这些“修饰”过的精子，与优秀的女篮运动员排出的卵子实行离体授精，在人造子宫中孕育成胎儿。胎儿出生后，定期注射药物使其强壮。五岁开始接受文化、体育基础训练，10岁开始打篮球，15岁正式参加国内比赛，18岁编入国家队集训。A国篮球队中三名最高个子队员就是第一批“产品”。

然而，A国的报纸对此保持沉默。三天后，A国奥委会举行了一次记者招待会。会上，A国教练告诉记者，当初，有的国家提出禁止将某些科学技术无限制地引入体育时，B国就极力反对，他们用

“激素注射法”和“外形手术整形法”将男人变成女人，在奥运会上夺得了许多金牌。于是，我们才不得不采取“以其人之道还治其人之身”的办法。他建议奥委会停止这种危险的竞赛。A国奥委会主席庄重宣布：“这三名基因人不再参加任何国际比赛。”会场上响起了热烈的掌声。

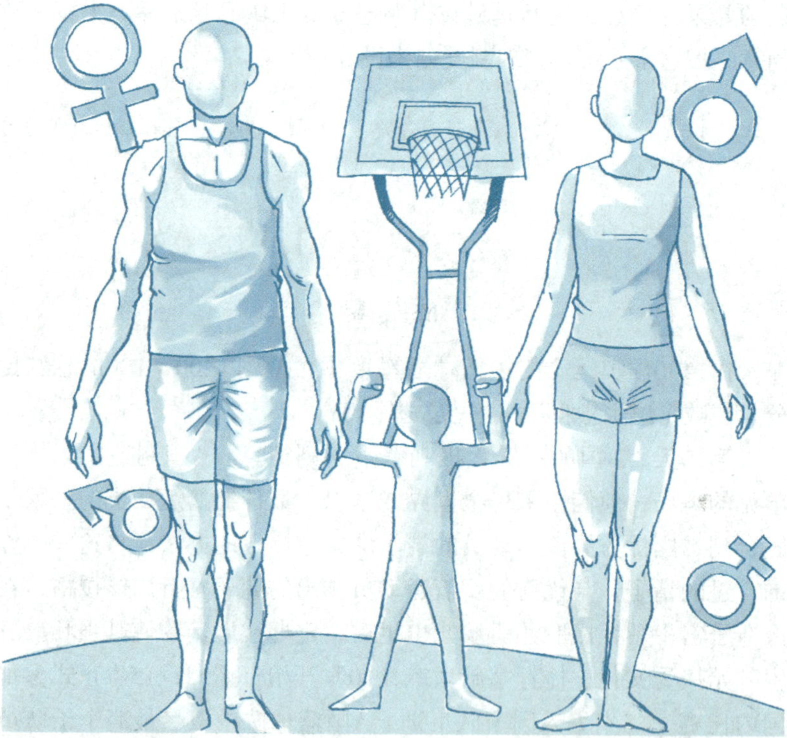

《大众科学》，1981年第4期

愤怒的月季

陈　放

再过几天就要和生物研究所副所长刘达生结婚的毕野同志，突然死在五号实验室的工作台上。

侦察人员在高磊的指挥下进行着侦破工作。从红外热象照相机拍下的照片看来，现场没有发现任何搏斗的痕迹。毕野似乎是属于因工作疲劳而导致猝发性心脏麻痹而死。

第四天上午，在生物研究所的礼堂里，为毕野同志召开追悼大会时，高磊突然来到会场，对大家宣布：经查明，毕野是被谋杀的！四天前凌晨有一个人在紫月季那个窗台前，把一瓶氢氰酸击碎，使伏案的毕野因氢氰酸中毒，导致心脏麻痹而死亡。凶手因预先服下了解毒丸，而没有中毒。因为这种物质能吸收凶手的体热而不会在空气中留下热信息，所以红外底片上出现了白点！凶手击碎氨瓶时不小心划破了手指，血滴在窗台上的紫月季的叶子上。为了消灭罪证，他把那片叶子摘去，可是急剧收缩的叶子的毛细管还是将凶手的血吸了进去。在花盆上发现的玻璃碎片，经化验含有氢氰酸。

凶手早有杀人的动机！为了造成毕野确因心脏病而死的假象，凶手多次陪她到医院看病，其实他事先将能导致心力衰竭的药物溶进水里让毕野喝下，从而使医生得出毕野有心脏病的结论。因为毕野发现他利用与外商进行谈判的机会出卖科技情报。毕野将此情况向组织汇报，当组织还未采取措施之前，他就先下了毒手。他以为手上戴了防汗线手套就不会留下指纹了，可是新的测试技术从他手指的热辐射留在物体上的痕迹，通过激光全息技术复制出来。还有紫月季毛细管里吸入的血液的血型也正是他的血型！这个凶手不是别人，就是研究所副所长——毕野的未婚夫刘达生。

《电气时代》，1981年第1～3期

水下魔窟

陈辅铭　王永乐

金甫东教授被人绑架到巨礁下的一个岩洞里，一个叫克劳特的人要他与他们合作，用遗传工程培育试管人，征服全世界，金教授来了一个将计就计，答应克劳特的要求。

金教授在克劳特等人的陪同下，参观了一个可以容纳上千人的巨大格斗场，几百名试管人正在进行激烈的格斗。这时，有一个试管人恐惧地向后倒退了几步，克劳特就高叫要把这个胆小的试管人杀死。金教授要来了这个试管人。

第二天，在实验室里，金教授从那个胆小的试管人身上抽取出的细胞中，发现了他们的秘密。原来，克劳特他们根据每个人都有不同的生物电磁谱的特点，在试管人形成的过程中，以超高压载着克劳特的生物电磁谱加在试管人身上。这样他们就像从小驯养的狗一样听从克劳特。正在这时候，克劳特来到了实验室，金教授对他说："我可以配制一种催化剂，使培养试管人的时间从三年缩短至一个月。"同时，他还建议："把培养出来的试管人用冰冻的办法储藏起来，以节省粮食和氧气。"克劳特听了十分高兴，对金教授的所有戒心都消除了。

金教授在实验室里连续工作了24个小时，制造了300具试管人，一个月后，这300具试管人都成长成人。金教授带着这批试管人来到格斗场。克劳特也带着所有的专家来观看金教授研制出来的试管人。正当克劳特向这些试管人训话的时候，金教授突然一吼，试管人便以迅雷不及掩耳之势，把克劳特等人团团围住，并朝他们打去。十几分钟就结束了战斗。金教授砸开牢房，救出了被关押的人，一起乘着鲨鱼潜艇，浮出了海面。

《水下魔窟》，山东人民出版社，1981年10月

天外遗物归谁

陈广群

“海伦号”飞船在宇宙空间发现一艘外星人的飞船残骸。宇航控制中心命令“海伦号”速将残骸带回地球。

当“海伦号”接近飞船残骸时，发现某国的一艘“和平号”飞船已抢先到达。“海伦号”随即发射激光束将“和平号”击毁。

当“海伦号”拖带着残骸返回地球轨道时，突然出现了三艘小型的战斗飞船，正向“海伦号”逼近！在这危急的时刻，在“海伦号”运行的前方出现了前来应战的三艘战斗飞船。

形势十分紧张，战争迫在眉睫！世界各国呼吁，敌对双方要采取克制态度，协商解决天外遗物问题。双方通过秘密谈判，达成协议。对残骸的研究，必须由双方人员共同进行，其研究成果由双方共同享有。

飞船残骸高约10米，形状像炮弹头。对残骸进行研究的那天，双方身穿宇宙服的研究人员，用激光切割器割开了一个圆洞，依次进入了残骸内部，过了一会儿，都垂头丧气地走了出来。

真相终于大白。原来，这是一艘30年前发射的宇宙飞船，被一块大陨石撞碎后，残骸改变了轨道，于是就在太空中飞行。后来，这件丑闻轰动了全世界。

《滇池》，1981年11月号

遥远的迭达罗斯

陈健秋

太空城市迭达罗斯的行政中心帕特农神庙前，两个女人在注意着里面举行的元老院会议传出的争论声音。她们是诗人缪斯和记者阿芙罗狄蒂。

她们原来并不认识，现在攀谈起来了。缪斯是来打听她所崇拜的奥德赛什么时候从地球回来，奥德赛是年轻的外太空地质学家，是元老院成员、市政建设总设计师阿基米德的儿子。阿芙罗狄蒂则是来打听元老院会议的结果，因为这次会议要讨论一个事关重大的问题：元老院成员狄摩西尼提出的和地球断绝来往的提案。

这时医生希波克拉底也来了。他是来请愿的，他不满意迭达罗斯的人造环境，向往着地球的大自然。阿芙罗狄蒂警告他，谈论地球将是非法的，要他当心。他们正在谈论，远处传来一阵轰鸣，一架航天飞机从舷窗外掠过，众人不胜惊喜："凤凰三号"航天飞机回来了。缪斯赶忙去迎接从地球回来的奥德赛。奥德赛的未婚妻、执政官梭伦和殖民开发部部长雅典娜的女儿海伦，连工作服都没换，也赶来迎接。元老院散会了，梭伦、雅典娜、阿基米德和狄摩西尼走了出来，梭伦宣布会议通过的新法令：禁止迭达罗斯居民擅自回到地球，或以任何方式与地球居民接触；禁止煽动回到地球的宣传，违抗的人将被流放到荒凉的星球去。

神庙外响起人群的欢呼声，奥德赛和缪斯来到神庙。奥德赛向大家说他到地球去寻找you-131矿物，用来生产光速火箭的任务没有完成，他想立即制订新的计划，再飞到地球去继续寻找。人们一下子沉默了，雅典娜告诉奥德赛今天颁布了新法令，要他先回去休息，以后再慢慢告诉他。但奥德赛却报告说他从地球带来了一个人。

阿基米德埋怨儿子这样做触犯了新法令，梭伦却认为他事先不知道，可以原谅。奥德赛带来的不是活人，而是在喜马拉雅山积雪深处发现的已冻死了150年的尸体。海伦是个航天生理学家，她很高兴奥德赛把尸体放在接近发现地气温的恒温箱里运回来，认为可以救活。根据尸体上的证件，死者当年32岁，是位地质工程师，名叫刘易斯。阿基米德一看证件几乎晕倒，但他终于克制住了，什么也没说。

奥德赛和海伦谈起被污染得十分严重的地球，忧心忡忡。他说他想回去和地球上的同胞一起改造环境。海伦生怕他触犯法律，求他不要和别人谈这些事。奥德赛和阿芙罗狄蒂、希波克拉底等开展了争取返回地球的秘密运动。

刘易斯被海伦救活了。原来他是阿基米德的曾祖父，经过元老们讨论，决定刘易斯暂时留在迭达罗斯。这时奥德赛接受雅典娜给予的新任务，乘“凤凰三号”去巴比亚星寻找铕矿以发展光速火箭，但在途中“凤凰三号”却被飞碟虏走了。

奥德赛是被海狮星上高级生物抓去的，向他了解太空城情况后就放他回来。大家又团聚了。这时狄摩西尼却告发了奥德赛组织地下活动的事。按新法律规定，奥德赛要被流放到荒凉的星球上去。阿基米德为了不背离祖先居住的地球，又忠于迭达罗斯，自刎而死。元老们就改判奥德赛流放地球。

奥德赛和刘易斯回到了地球，投入了改造地球环境的工作。一天他正在钓鱼，忽见缪斯来到身旁，告诉他海伦一家都来了。原来是狄摩西尼临死时忽然觉悟，要求废除他提出的新法令。法令废除了，迭达罗斯人又可自由地和地球来往了。阿芙罗狄蒂当上了迭达罗斯城的执政官，她组织了考察团来到地球，准备支援地球上的改造环境的斗争。

《科幻海洋》第二辑，海洋出版社，1981年8月

“智慧杯”决赛

陈金森

在第十一届“智慧杯”决赛中，年仅13岁的无名小卒陈渝，战胜连得十届“智慧杯”冠军、驰名全国的象棋大师何永华，赢得了冠军。

实际上，这是陈渝爷爷的功劳。爷爷的生化研究所研究出了一种叫智力素的药片，里面包含着许多知识。吃了这种智力素，就能得到本来要花很长时间才能学到的知识，而且记得特别牢。科学家认为，人的记忆是脑子里的一种蛋白质分子——记忆素所具有的特性；一旦记忆素从一只动物的脑子里转移到另一只动物的身上，记忆力也会随之而发生转移。据此，科学家们研制成一种包含了大量知识的类似记忆素的智力素。

智力素有许多种。比如英语智力素——吃了它，许多英语单词、语法很快就可以装进脑子里；比如数学智力素——许多公式、定理也可以立刻被人掌握；还有一种棋艺智力素——陈渝本来对棋艺并不精通，但吃了这种棋艺智力素，就获得了额外的记忆力和惊人的思维速度，再经过一年多的钻研学习，就像下了几十年棋的象棋大师那样，对棋艺非常精通了。

《接班人》，1981年10月号

茫茫的地空

陈荣兴　　钟寒秋

黑人研究生达姆的未婚妻丽莎乘坐的飞机，在百慕大群岛上空失踪了。张百才教授始终认为，在百慕大的深海中有着另一个空间，那里生活着高度文明的智慧生物，海底金字塔上有两个巨大的出入口。世界UFO学会批准了由张百才教授、艾尔教授、达姆和我组成一个考察队，乘潜艇去那里进行考察，潜艇从金字塔西面的洞口驶入，一股极强的引力把潜艇拉了进去。潜艇进入了另一个空间。达姆按下一个按钮，潜艇变成了“飞艇”。几分钟后在“飞艇”后面出现了一个巨大的飞碟。飞碟上的钢铁长臂钳住了“飞艇”，把它放入了中心舱。张教授他们打开了“飞艇”的舱门，走出艇外，与前来迎接他们的十几个姑娘一一握手。艾尔教授发现其中一位姑娘正是达姆的未婚妻丽莎。

原来，这些姑娘的祖先都是曾经在大西洲生活过的玛雅人。后来，大西洲沉没了，她们的祖先就退入了事先造好的海底金字塔。由于金字塔具有强磁场，同时还会发出次声波，使海水无法进入地下空间。强磁场和次声波会使经过这里的飞机和船只失踪。他们对人类一点没有恶意，现在这些人还生活在那里。

张百才教授等在这个空间里生活了三个多月，达姆和丽莎还在那里结了婚。之后，我们又重新回到了地面，从而完成了这次奇特的考察。

《大众科学》，1981年第4期

来自罗曼诺克的风波

陈伟新

两架航天飞机在宇宙空间，打捞到一个直径大约一米、高二米的密封舱。在密封舱里，发现一个不会动弹的生物，它身长不到一米，头却有篮球那么大。蓝绿色的脸上长着一双灰褐色的眼睛，鼻孔和嘴巴与貘相似，两只耳朵大得出奇。显然，这是个宇宙人——罗曼诺克星球人。他立即被救护飞机送到医院进行抢救。

不幸的事发生了，航天防务中心主任张教授在回家途中被罗曼诺克人捉去了。他被带到一间屋里，宇宙人杰雷问他："我的儿子杰米被你们藏到哪儿去了？"杰雷要张教授立即把他儿子送回飞碟。张教授为此发了电报。航天防务中心收到后，马上把杰米放在-190℃的低温箱内冷冻起来，并送到太空医院进行治疗。杰米很快就恢复了健康。

杰雷见儿子迟迟不回，决定在他儿子30岁生日那天把张教授处死。

正在他们准备将张教授天葬的那天晚上，杰米回到了飞碟上。他问父亲："张教授呢？"杰雷难过地说："已经天葬了。"杰米听了十分生气。杰雷命令三艘小飞船马上出发，把张教授的金属舱找了回来，由于时间较短，张教授没有死。

地球人与罗曼诺克星球人消除了误会。张教授盛情地邀请他们去地球访问。杰雷愉快地接受了邀请。

《怪岛幽魂》，湖北人民出版社，1981年3月

史前的礼物

陈振实

在南洲的荒原上，正在比尔失去得救的希望的时候，中国科学考察小组的张诚博士和研究生谢敏、黄坚把他救了出来。他们刚要离开这块南洲荒原，无意中踏到一块直径一米的圆板上，落入一个冰洞。冰洞中有一个半圆形的大厅，四壁发出柔和的光亮，把一尘不染的大厅照得明如白昼。靠壁处，安放着一排仪器，在一根圆柱上安装着的一只球形“仪器”，突然震动起来，原来它是个机器人。它在一台仪器上按了一下开关，大厅逐渐暗了下来，大厅中央出现了地球……全息电影留下了20万年前另一星球人来到这里的珍贵镜头。

大厅下面是库房。琳琅满目的礼物倚壁而立。当中是一个直径10米的回转曲面，像一口硕大无朋的砂锅，表面平滑如镜，中心是一个半球，上面布满了突触——这是一台质能转换装置。在它当中会产生一个旋涡，落入这个旋涡中的任何东西都将被粉碎成一团等离子体，并转换成电能，它能输出百万千瓦的电流！

就在机器人为他们做表演的时候，发生了地震。张诚为救比尔牺牲了。谢敏为了让比尔和黄坚乘着唯一的一架旋翼机返回冰上，跳下深渊牺牲了。

黄坚和比尔回到冰上之后，比尔企图侵吞这笔巨额的财富，把黄坚杀害了。

后来，比尔和全球开发公司的经理弗兰克合伙，企图把埋藏在冰下的这笔财富挖掘出来。结果，比尔跌进了深渊，正在弗兰克为可以独占这份财富而高兴时，联合国南洲资源勘察组织的中国小组从黄坚的上衣里发现了血书字条，他把外星人留下的财富告诉了全人类。弗兰克知道了，气得中风死了。

《科学文艺》，1981年第5期

揭开“绿毛僵尸”之谜

程一帆

丁教授率领的一支“雪人考察队”，在寻找因雪崩而失踪的小珍时，发现了一具绿头发、鼻子上通额头的怪尸。

丁教授召集大家一起来研究这具僵尸。神经生物学研究生方莉建议用化学方法来鉴定他的死亡年代。方说：人活着时，体内的左旋型和右旋型氨基酸的数量相等；死后，左旋型的氨基酸慢慢地转化为右旋型氨基酸。转化量与死亡时间成正比，因此可以用它来精确地鉴定僵尸的死亡年代。丁教授认为，这是考古的第一步，还应该弄清楚这具“绿毛僵尸”是人，还是什么怪物。这具僵尸的大脑细胞虽然已经死亡，但在超低温下，大脑中的记忆分子并没有变化，有可能从中获得他生前的思维活动情况。

这时，西方有一个极亮的飞行物掠过天空，丁教授赶紧叫人打开红外线扫描仪，在仪器上出现了一个人影，那人影正是大家日夜找寻的小珍。

小珍被救回后，她把奇遇告诉了方莉：那天，她遇到雪崩，一团铜钹形光云从天而降，一股急速的气流将她卷了进去。后来，又是一股急速下旋的气流，使她安然无恙地返回雪地。

丁教授来看望小珍。他告诉大家，这具古尸是4000年前的外太空人。从僵尸大脑中取出的脑细胞，经过培养处理，发现个别记忆分子的生物电势有信息回路活动，经过计算机加工和整理，在图像显示机上显现出古尸脑细胞中记忆的形象有：玛雅的石碑、复活节岛上的巨石像、纳斯卡荒原的石砌跑道……这些世界之谜都被一一揭晓了。

《永不消逝的美》，科学普及出版社广州分社，1981年12月

火凤凰

迟方　王汶

暑假里，我去宇宙城度假，认识了两个小朋友，一个叫星星，从小长在宇宙城；另一个叫洪飞，是个小姑娘，上二年级时，才转学到宇宙城来。我们很快就熟悉了。

一天，我和洪飞到星星家里去玩，星星拉着我俩到他爸爸的房里去，说："爸爸这里好玩的东西可多啦！"他让我俩看一台长方形仪器，仪器上面有Q.X.L.X.几个字母，四周有一圈精致的栏杆。星星碰了一下一只蓝色的按钮，在栏杆的平台上出现了一只蠕动着的红色怪物，三只阴森森的绿眼睛死死地盯着我们，并张开它的爪子朝我们扑来，我"哎呀"尖叫了一声，拔脚就朝门外逃，我们三人跑出门外后，星星按了一下闭锁开关，门很快就关上了，把怪物关在里面。我们这才气喘吁吁地靠在墙上。"Q.X.L.……"洪飞嘴里嘟囔着。"对了！Q.X.L.X.一定是全息录像机的汉语拼音QUAN—XI—LU—XIANG的缩写。"原来是一场虚惊！

星星重新打开房门，不好了，闯大祸了！刚才我奔出房门时，不小心将小桌子踢翻了，把录像机抛出老远，碰在微波烤箱上，外壳瘪进了老大一块。星星只好打电话去问爸爸怎么修理。不巧，他爸爸去指挥"火凤凰"号试航了，接电话的赵叔叔说："我给你转接到'火凤凰'号试飞现场吧！"这时电视电话的屏幕上出现了一

艘飞船“火凤凰”号，正在朝一颗彗星飞去，直撞到彗星上，“火凤凰”号失去了控制，过了5分钟，奇迹出现了，“火凤凰”号又恢复了正常，但原先光溜溜的飞船外壳，现在已被撞得坑坑洼洼、凹凸不平了。说也奇怪，不久凹坑一个个地在减少，它的外壳又逐渐恢复了光滑的外表，就像泡在开水中的瘪了的乒乓球那样。这时，屏幕上换成了赵叔叔。“碰瘪的飞船怎么鼓起来的？”星星问。“还不跟碰瘪的录像机一样吗？录像机已经鼓起来了，我从这儿都看到了。”我们扭头一看，果然如此。

星星打开录像机，小栏杆里又爬出了那只怪物。我们看到一半时，小星的爸爸回来了。我们三人连忙向他承认错误，他一点儿也不责怪我们：“幸好这台机器有自恢复能力，要不然可经不起这样摔呀！”原来，它也与“火凤凰”号一样是用一种合成记忆材料制成的，加工定型后，如果受到外力冲击的破坏，它会尽力恢复到原来的形状。他爸爸问我：“你读过郭老的诗《凤凰涅槃》吗？”“火凤凰不怕火烧，人们叫它不死鸟。”洪飞回答说。“是的，刚才，‘火凤凰’号和紫金10号彗星相碰，将外壳撞瘪了，控制系统也震坏了，可是，过了16分钟，它的内伤和外伤都好了。”“这样可以永远不坏了？”小星星问爸爸。“我们正在尽力实现‘相对的永远’不坏。”

《火凤凰》，科学普及出版社，1981年9月

“向海洋，出发！”

迟　方

夕阳西下，辅导员王老师和同学们从海军基地参观归来时，发现留在夏令营营地值班的何文和李丹不见了。原来，那天早晨，何文和李丹发现海面上有一只镰鳍斑纹海豚。怎么只有一只呢？这种海豚通常是二三十只成群结队活动的呀！为了弄清事情的真相，他们戴好人工鳃，骑着水下摩托朝海边驶去。

李丹驾驶着水下摩托向海上驶去。何文举起水下照相机，拍下了海豚的照片。突然，眼前出现了一群乌贼，海豚冲了过去。何文和李丹只觉得眼前一团漆黑，水下摩托也触礁撞坏了。他们爬上附近的小岛等待救援，幸好被海洋研究所的船只发现了。

第二天早晨，王老师带同学们到海洋研究所去参观学习。海洋

研究所的周工程师告诉他们，这里模拟鳄鱼淡化海水的本领，试制了人造生物细胞膜——D37仿生膜。把它蒙在容器上，就可以把容器里的海水中的盐分慢慢排出去。周工程师拿出满满一盒子仿生膜，递给王老师。接着，周工程师又拿出一只小盒子，说道：“这是仿海豚的声呐器官制造的微型声呐装置。有了这种装置，你们的水下摩托就不会触礁了。”

返回夏令营后，何文和李丹跑进暗室去冲洗胶卷。照片上是一只镰鳍斑纹海豚，可是在它那纺锤形的尾部，清清楚楚地印着“07”两个数字。是人工饲养的海豚，还是一只人造海豚呢？说不定是别的星球派来的？王老师决定马上把这个发现报告给有关部门，同时改装水下摩托，安上新设备，随时准备向海洋出发！

《我们爱科学》，1981年6月号

卜 达

迟 方

卜达为人有些迂，常有些不切实际的怪念头。那一回，我出国参加国际会议时，在机场遇见了卜达。略叙几句后，突然，他紧紧地拉住我的手，要从我的口腔中刮一点口腔黏膜。我先是一愣，转念一想，刮点口腔黏膜又算得了什么！我爽快地答应了。

回国后，我收到了卜达的来信，他说我在45岁时将被牙病所困扰，要我及早预防。能在十几年前预报出我的牙病？真有点叫人不相信。可是，到了我45岁生日那天，我的确尝到了牙痛的味道。

后来，我在珍珠山又意外地遇到了这个“卜半仙”。

我提起了那信上说的事。他说，他在研究双胞胎中发现，遗传基因不但使人继承前辈的某些特征，而且还携带着时间的遗传信息。上次，他从我口腔中取出的一点黏膜，放在一种合成的激素里，使细胞在几十小时内分裂50代。然后将细胞一生的分裂“放大”作为我的一生记录下来，就可预知我一生中的健康情况。可是这项研究工作的周期太长，比如我的牙齿，经过了10年才能得到验证。准确率还不高，只有60%。

我望着这位多年倔强地为人类美好未来而奋斗的卜达和他的一家，敬佩的心情油然而生。

《智慧树》，1981年第3期

雪人亚米森

丛守武

我随丁青来到设在地下的亚米森生物研究所。在一间四面透明的小房间里，关着一个叫亚米森的“雪人”。它不安地用上肢敲打着门，表示它想出来。突然，雪人对着我们说：“亚米森希望自由，希望你们能放我走。”丁青一听，吓得夺门而逃，刚到门口，又站住了，掏出生物电手枪对准雪人：“你到底是干什么的？”亚米森请求道：“我们之间本来就没有什么，我从来没有……伤害你们，我是来了解你们，了解人的。”我怀疑它可能是个怀有特殊使命的人。丁青却对我说，刚方查明它的染色体为24对，比人多一对，和黑猿、大猿、褐猿的染色体对数相同。它的血红蛋白分子中，氨基酸链的排列方式也有两处与人不同，大猿和人有4处不同。还有氨基酸α链中，它有两个氨基酸与人不同，β链中有10个氨基酸与人不同。根据这些数据可以断定它不是人，但它是人的近亲，在进化谱系树中是“雪人枝”。

我感到迷惑的是它怎么能说话。丁青又给我作了解释：“70多年前，联邦德国科学家对一只小蜜蜂的脑记忆细胞进行了移植。20年前，有人将一位刚死去的教授的脑记忆细胞移植给一个运动员，这个运动员就成了一位既健壮又有学问的教授。今天，许多科学家又在致力于移植人工脑记忆细胞的研究。生物学家用移植人工合成脑记忆细胞，再用生物电刺激这些细胞，让它记住我们希望它记住的知识，然后移植到人脑中去，人们就可以通过这种方法获得各种知识。那么，为什么亚米森的大脑中不可以有这种非自然的脑细胞呢？”

后来，我们看见天空中出现一个怪物，像一顶带边的圆帽子，四周密封，没有一个窗口，它转得那么快。“那一定是飞碟！”我惊叫了起来。当它临近地面时，我俩闻到一股扑鼻的异香，接着就倒在草地上睡着了。

七分钟以后我们俩才醒了过来。我想起了亚米森，急忙向洞口爬去。丁青有气无力地阻止我说：“不用找了，亚米森是宇宙人，它已不在了！”

《科学之窗》，1981年第1期

会变魔术的“钟表匠”

达世新

平平的爷爷给副食品公司打电话，要他们派三辆大卡车到金山南坡来运荤菜。爷爷说他是个钟表匠，现在怎么一下像变魔术似的变出三卡车荤菜来呢？平平感到有点奇怪，决定去金山看一看。

平平到了金山，只见爷爷的徒弟小丁，把百来头猪、牛、羊赶上了卡车。平平跑去问小丁：“这么多牲畜是哪里来的？”小丁神秘地一笑说：“保密。不过，我可泄露给你一句：是靠拨‘钟’拨出来的！”

晚上，平平回到家中，在灯下看连环画。“窣窸窣”，平平低头一看，是只小猪。天已晚了，他只好把小猪放在自己房里，径自睡了。“哐啷当”一声，平平从睡梦中惊醒过来，只见小猪已变成一只百来斤重的大肥猪。这时，爷爷的房门打开了，平平急忙关了灯，从钥匙孔往外瞅：爷爷正和小丁说话。“真想不到拨了这钟，我们三天才睡一觉，庄稼半天熟一季，猪、牛、羊一天就长得像吹过气似的。”平平心想爷爷房里一定有只神钟。他突然灵机一动，跑进爷爷房里，搬来一个挂钟，又把一些稻谷撒在几只大花盆里，然后拧了几下钟的发条。出乎意料的是，等了半天，花盆里还不见一丝绿芽。正在这时候，爷爷和小丁走了进来，看到平平这副样子，不由得哈哈大笑起来。爷爷告诉平平说："这是一种控制生命节律的微小机体——生物钟。拨这种'钟'要在一百万倍电子显微镜下才能进行，给庄稼、牲畜拨快生物节奏，然后再给它们养料，

让它们长得飞快。”平平睁大眼睛问：“那爷爷和小丁叔叔也动了手术啦？”“没有，我们发现了一种用极细光束来调节钟的方法，使我们能无痛减慢自己的生物钟的节律。”平平要爷爷也收他当个“钟表匠”的徒弟。爷爷点了点头，平平高兴地搂住了爷爷的脖子。

《儿童时代》，1981年第2期

蓝色飞鱼行动

岱　山　　季一德

跨世纪运动会的发奖仪式正在举行。坐在观众席上的一位老翁——SS国的苏里，突然站了起来，向颁发奖章的运动委员会主席提出，要在每个单项比赛结束、分出冠军以后，再和诸国选手逐一进行比赛，看看究竟谁是真正的世界冠军。比赛结果，不光是百米比赛，在一切速度、力量比赛的项目中，SS国的老寿星们都不费吹灰之力便夺得了冠军。

从此，SS国强烈地吸引着文明世界，人们都渴望能到这个新世界去看一看。可是，这一要求被SS国人拒绝了。于是，有人便策划了一个秘密的“蓝色飞鱼行动”……

SS国就在南太洋的蚂蚁岛上。一天午夜，三个穿海豚服装的人登上了蚂蚁岛。他们潜入王宫，绑架了年轻英俊的宫廷卫士乔治。刹那间，全岛响起了警报声。警察倾巢而出，紧紧追赶着海豚人。海豚人被逼到一个悬崖绝壁上后，纷纷跳入了大海。

海豚人和乔治立即被救到潜水车上。其中一个海豚人就是N国百米赛跑选手阿桑。机器人遵照潜水车上勃莱克教授的指示，从乔治的脑电波中，取得了蚂蚁岛上生活的每一个细节，乔治的家庭、职业、社会关系等资料，又把这些变成信息，经过电子计算机编制的程序，逐一灌输到阿桑的脑子里；并把乔治的记忆物质——蛋白质，让阿桑吞服。阿桑原和乔治体形相仿，经过整容和注射一种药水后，他的皮肤和乔治一样，变成了棕色，闪闪发亮。

为了揭开岛上的秘密，阿桑按照勃莱克教授的安排，又一次来到了蚂蚁岛。他利用SS国蒙易丝公主对乔治的真挚爱情，混入地下室，妄图窃取长寿的秘方。阿桑暴露了。他被押到一块宽广的空地。蒙易丝亲自把蚂蚁放在一个土钵里，加水煮熟后给阿桑喝。她告诉阿桑：蚂蚁是我们蚂蚁岛人的主食。在跨世纪运动会上，我们的老人在比赛中，把你们搞得惨败的奥秘也在于此。

这时，阿桑试图逃走，蒙易丝顺手拔下一根尖木桩，猛地一扬臂，那根木桩便像标枪似的斜刺下去，击向阿桑。

《科学周报》增刊：《科幻小说》，1981年9月10日

飞向外太空的鱼

戴巴棣

从湖边的草丛里，传来一阵阵哭声。我和康小乐跑到那里时，哭声又停止了。我拾起一块石头朝草丛扔去，只见一条黑乎乎的大鱼跃进了湖里。

第二天中午，我和小乐跑到湖边，在湖中放下鱼钩，第一次钓起一条野鲫鱼，第二次钓起一条小鲶鱼，第三次钓起一条浑身上下没有一片鱼鳞、躯干上长着四条小腿的、会哭的怪鱼。它不时地抬起头来哀叫着。我朝着它哀叫的方向望去，只见在一个山包上有一座蘑菇形的建筑。一个大个子叔叔拎着水桶和喷雾器，从“蘑菇柄”上的小门走出来冲洗房子。我叫小乐去借个水桶，此时，那个叔叔已进屋去了，小乐不管三七二十一，拎着桶就回来了。我把那

条怪鱼朝里面一扔，一件难以置信的事情发生了：怪鱼在水里打了一个滚，就腾空飞上了天空。小乐用麻醉枪也未能将它打下来。我想奇迹莫非就在桶中，把手伸进水桶，整个手腕好像触了电似的；莫非中毒了，我赶紧到湖边去洗手，却一头栽进了水里。小乐把我救上来后，送到医务室去做全身检查，结果，没发现有什么不正常。后来我们从资料室中查到这种怪鱼叫娃娃鱼。可是，娃娃鱼是不会飞的呀！

小乐到湖边取水桶的时候，从天而降的一幢蘑菇形建筑里走出一个大个子叔叔，他把桶抢去，朝小乐开了一枪，小乐就昏睡过去了。我们用阿莫尼亚刺激小乐，他终于醒了过来。

两个星期后，全国不明飞行体委员会的白教授来夏令营作科学报告。他认为，蘑菇形建筑物就是飞碟，飞碟人发明了一种能切断引力波的涂料，娃娃鱼沾上了这种涂料，就离开地球，飞向了无垠的宇宙。刹那间，一道紫光从天而降，白教授惨叫一声，倒在地上。

一个月后，我和小乐去医院看白教授。白教授得了一种怪病，他脑中关于怪鱼和涂料的记忆全部丧失，他为此写的笔记和论文也都不翼而飞了。可是，他在夏令营作的科学报告，却轰动了全世界。

《怪岛幽魂》，湖北人民出版社，1981年3月

特殊经理的烦恼

邓　鲁

为了把2000吨新鲜荔枝运往朝鲜，广州车站特种运输营业所的林工程师绞尽了脑汁。他从古人运送鲜荔枝的方法中得到启发。那时是用一大段楠竹筒，竹筒两端都留下竹节，再打穿其中的一端，把选好的荔枝放进楠竹筒里，然后密封起来进行传送。林工程师设计了现代化的“楠竹筒”——空气调节大型保温集装箱，采取措施把装在里面的水果的呼吸强度减到最低限度，让它们进入半休眠状态，减少新陈代谢的消耗，使之在较长时间里仍然保持鲜嫩甘美。

与此同时，太平洋彼岸的美国纽约“中国大餐馆”发来电报，订购中国黄河产鲜活金鲤鱼1000尾，迅速设法运抵纽约。特种运输营业所的科研人员用大量的二氧化碳气体，使这些鲜活鲤鱼被“麻醉”过去。这时，它们心跳迟缓，身体对氧气的消耗量降低到平时的百分之一左右，水中溶解的氧气足够它们在运输途中的消耗。到了纽约后，再往水箱里注入一定浓度的氧气，五分钟后，它们便从“沉睡”中苏醒了过来！

为了让牛、羊、猪、鸡、鸭、鹅在运输途中不死亡、不掉膘、不减重，特种运输营业所的心理学家赵明试着在车厢里播放音调柔和的乐曲声，结果牲畜家禽的食量大增。他还根据不同颜色对动物情绪的影响，在车厢内壁顶上喷涂天蓝色，四壁喷涂淡绿色，使畜禽在车厢里仿佛置身在大自然之中。它们上了车就好像进了草原牧场，自然不会掉膘啦！

《我们爱科学》，1981年4月号

“死三角”之谜

邓 鲁

瑞典著名海洋学家贝利博士公布了几封耐人寻味的信，这些信都是容瞻华教授写给他的。

第一封信是讲述“死三角”地带蕴藏着可观的锰结核。

第二封信告诉贝利博士，他着手在那里建设一个试验性海底工厂。

第五封信告诉贝利博士，他找到了一种使海水中的金属微粒加速沉积的方法。这是他从一种小昆虫得到的启示。这种小昆虫能在池塘水面上自由地行走，但当有敌虫追捕它时，它便喷射出一种液体，使敌虫周围的水域表面张力骤然降低，而令追捕者迅速沉入水中。容教授研究了那种液体，并进行了人工合成。但他忧虑，用它来加速锰结核的沉积，同时会使这块海域出现“弱水”地带，万一过往船只不慎驶入，就会莫名其妙地突然下沉。

第九封信告诉贝利博士，海底工厂已基本竣工，来了一位国防部官员、海军少将维辛斯基，他很憎恨这个人。

后来，容教授突然患精神分裂症死了。

这些信件在报刊上披露后，贝利博士也被人卑鄙地谋害了。他是在离开斯德哥尔摩大学教室时被人在左小腿上刺了一下，嵌入两粒极小的金属粒，结果患急性传染病死去的。

后来，中国北京举行了一次中外记者招待会，在招待会上，容瞻华教授的突然出现，使到会的记者大吃一惊。他告诉记者，报上刊登的信件都是真实的。那次维辛斯基少将来到海底工厂，一方面是向容教授授勋，另一方面要容教授在那里安置“高能带电粒子束流”，这样再加上“弱水”地带，就可使任何舰船和飞机葬身海洋，从此不敢染指太平洋。结果，遭到容教授拒绝。他们就把他送入一家精神病院，禁闭起来。

后来，海底工厂出了故障，他们要容教授去排除故障。容教授到那里，他给电脑控制中心送入了一条发电站停止工作的指令，基地立刻变成漆黑一团，气温骤然下降。容教授找了一艘海陆空三栖急救艇，逃离了海底工厂，回到了祖国。

容教授还告诉记者，海底工厂已停止工作，弱水剂在三个小时之内就会随同沉积物降到海底，“死三角”地带如今已经不复存在了。

《海洋》，1981年6月号

鬼谷琴声

邓雁斌

一支由六名大学生组成的考察队，来到撒哈尔沙漠北部的一个神秘山谷——鬼谷进行考察。一天清晨，他们发现了一个石穴，穴内有一具白骨，周围放着随葬品。他们把白骨和随葬品运回帐篷，进行分析鉴定。这具葬于3000年前的白骨上有个异常光滑的洞，洞的周围有灼烧的痕迹。队长苏畅推断：这位老人可能是被现代的激光武器所射死。

有一天中午，他们看见鬼谷上空，闪着一片耀眼的蓝光，大家觉得非常奇怪！在场的苏畅心里却琢磨着另一件事。他决定在黄昏时刻独自一人深入鬼谷。他借助月光来到石穴，发现穴下还有一个异常宽大的洞。他摸出手电，看见洞壁上雕饰着狩猎、牧羊、耕耘的壁画，好像是3000年前的一个游牧部落。其中有幅奇怪的画，画中有一艘庞大的船型物，正在大火中燃烧。右侧站着几个穿着宇宙服的人，他们高举起双手。苏畅正看得出神，突然一阵琴声飘然而至，他惊慌地抬起头，看见一个女郎，与壁画中的人十分相像。聪明的苏畅明白，举手可能是他们的一种礼节，他决定试一试。当他举起双手，姑娘即用友善的目光看着他。苏畅用手势协助语言和她交谈，知道女郎叫黛丽诺，来自天狼星的伴星，3000年前他们就来到这里。当时他们高举双手向部落人致敬，表示友好，不料这里的部落人却拿起弓箭射死了他们的老首领。被惹恼了的外星球人，拿起激光枪还击，射死了一些部落人。午夜后，当他们在飞船上睡觉时，一群部落人突然向飞船投掷火把，飞船着火，在大火中爆炸。

飞船爆炸后，女郎用琴或发报机和伴星联系，但是只见琴声去，不见琴声回，他们失去了联系，成了无家可归的沦落儿……

这是一场多么不幸的误会！苏畅对此表示了歉意。黛丽诺被苏畅的真挚友谊所感动，3000年前的误会和偏见解除了。伴星球上的人们宣告，他们将和地球上的人类友好相处。

《纵横》，1981年第1期

多事的山林

邓子宜　　施鹤群

神笔架位于我国的大西南，四年前，那里曾发生了一起原因不明的大爆炸。为此，中国科学院组织了考察队奔赴神笔架地区，我也参加了这次考察。

在调查中，我结识了正在进行科学考察的古人类学家王恩化教授和他率领的古人类学考察队。他们在这里发现了一具野人的尸体。一个多月后，我离开神笔架回城了。

真没料想到，四年后我居然接到了王恩化教授的电报。原来，在神笔架的一个坟墓里又发现了一具野人尸体，奇怪的是，它竟然也有殉葬品——一只铮铮发亮的金属圆盘！经化验证明，这野人是患白血病死的。应王教授之邀而来的物理学家老李认为，这是辐射线强烈照射引起的。

我决心留下来参加他们的考察活动。一天晚上，考察队在那个野人墓地附近，发现了长着圆蹄状双脚的“小脚”野人。

科学院有关部门对金属圆盘进行了分析，结果表明，它不仅含有几种不知名的金属，也就是说地球上根本没有的物质，而且具有较强烈的放射性辐射本领。

考察队在坟墓附近布下了天罗地网。在捕捉时，小脚野人被王教授的助手潘枫用激光步枪击中。在它倒下的地方，发出了一阵沉闷的爆炸声。

原来，小脚野人是一个机械人，一个有思维程序的星外机械人！四年前，这个机械人随飞碟来到地球，飞碟因操纵失灵坠毁于神笔架，而小脚野人却幸免一“死”。由于飞碟的动力是核燃料，所以坠毁时引起了巨大的核爆炸。

那死里逃生的机械人，在神笔架山林里与大脚野人结成相依为命的伙伴。由于机械人的放射性辐射泄漏，使大脚野人长期沾染而得白血病死亡。大脚野人不幸死去后，机械人就按野人的习惯安葬了它。殉葬的金属圆盘就是机械人身上的护心镜。它没有料想到，解去护心镜，使其核动力“心脏”成为没有多大屏障的攻击目标，最后竟被潘枫手中的激光武器送掉“性命”。所幸的是，此时它的核电池燃料消耗得差不多了，所以被激光击中后的核爆炸，其威力和放射辐射都比较小，这才避免了一场重大伤亡。

《科学周报》增刊：《科幻小说》，1981年9月10日

冰冻的微笑

丁　磊

我刚从JW-413中转站回到土星。自从上次告别黛尔塔以来，由于航天飞机不装载信件和邮包，半年来，我和黛尔塔只有每周通一次星际电视电话的机会，每次三分钟，只能简单地交谈几句。在我生日的时候，她在电视电话中说给我准备了我最爱吃的点心，可没有办法送给我。现在我终于回来了，她一定会到机场接我，我搜索着她那蔚蓝色的眼睛……

我认识黛尔塔是在南极海豹猎场上，一开始她就告诉我她是试管人，这种坦率使我吃惊。她孤独、忧郁，可我却不知不觉地陷入情网。

几天后部主任把我找去，打听我和黛尔塔的来往，然后对我说：“交个朋友不是什么坏事，如果要结婚我劝你从长计议。她严

格说来不能算人，和试管人结婚我们这儿没有这风俗。”我被激怒了，我援引法律条文为我们的爱情辩护，可是部主任不以为然。

一星期后，我找到了黛尔塔，可她却很冷淡，一定是部主任找她谈过话了。她说她不是人，只能当劳动人，没有别的权利。她拒绝了我的爱，表示要去别的星球过一辈子。我坚持人是平等的，要她和我一起到土星去，那里有我父亲的朋友，他会照顾我们的。她答应了。

我们到了土星，我父亲的朋友冀如纯博士帮黛尔塔找到工作，于是，我们安下家来。虽然她的工资够我们花的，但我总觉得自己没能找个职位很不光彩，我便应聘去JW-413，条件是半个太阳年有次休假。然而，随着电视电话变得越来越乏味，这半个太阳年显得越来越长了。

我设法把黛尔塔调到JW-413来，这个边远的中转站没人愿去，可能会顺利些。中转站长叫我去，说：“我们很欢迎黛尔塔女士，不过地球宇航中心批复：本中心不允许试管人与自然人夫妇在同一单位工作，以免造成不良影响。”

我回想着这一切。快要走到机场大门了，但始终不见黛尔塔。大门口外，冀如纯博士夫妇在等我。“孩子，出事了，你先看这个。”他递给我一封信。这是黛尔塔写给我的，她说她唯一的要求，只是和唯一的亲人在一起，为什么总是不能实现。她恨自己是试管人，因而调动问题才没有结果。她决定找冀博士用最新技术冰冻起来，到团聚问题圆满解决时再活过来。

我赶快和冀博士夫妇到了他的实验室，我见到了我的黛尔塔，她已经成为一尊冰雪的塑像了。我急急地哀求着：“冀伯伯，快把她缓过来！”冀博士十分沉痛地说：“晚了，孩子！昨天我没答应她，是她自己进入了实验室。由于操作不合规程，已经铸成大错，无可挽回了！”

我悲恸欲绝，不顾一切地扑向我的妻子。博士夫妇死命拽住我，我转向他们：“冀伯伯，谁，是谁叫你们搞这种试验的？”冀博士摇着头；“孩子，不要责怪我，这是科学。”“科学？科学！那么人呢？人——”

我一转身抱住了黛尔塔，她冰冻的嘴角上，含着一丝微笑，那很久以来我再没见到过的微笑……

《科学文艺》，1981年第2期

峡谷幽灵

丁兴旺　　可澄云

风雨中，一辆“地质研究所”的野外工作车，在通往秦岭的蜿蜒山路上颠簸地行驶着。车到“黑石谷”时，天已暗下来了，他们就在谷口的林边宿营。突然，几声凄厉的惨叫从前面传来。正在下棋的陈浩和田林立即向发出惨叫声的地方奔去，在树林的尽头，发现一个十一二岁已经昏迷的男孩。

男孩被救醒后，才知道他叫小辉，家就在黑石谷。小辉在树林里迷了路，正在狭长的峡谷里踉踉跄跄地奔跑时，一道耀眼的闪光划破长空，他不由紧闭双目。突然，耳边响起了“哒、哒、哒”震耳欲聋的枪声和裂人心脾的惨叫声。小辉睁开眼睛，“啊！”只见一群被反绑的人纷纷应声倒下……小辉目睹这惨状，不禁“救命呀！救命……”地惨叫几声，就昏倒在地上。

他们把小辉送回家时，听小辉爷爷讲起35年前农历七月十五日的一个傍晚，国民党就在黑石谷枪决过一批爱国志士，大家都感到非常奇怪。“小辉真的看到了35年前的‘幽灵’吗？”陈浩苦苦地思索着。突然，一个朦胧的想法涌上了陈浩的心头：小辉看到的

“幽灵”是否是黑石谷地下的带条状的磁铁起着类似于录音和录像作用的结果呢？于是，陈浩进行了模拟试验，但失败了。正当他为试验的失败而绞尽脑汁时，无意中发现桌上报纸的一条消息：“我国第一台仿生全息雷达问世……”，而发明者竟是他的老同学杨健教授。于是，陈浩就去杨健处求教。

在杨健的实验室里，老同学久别重逢，倍感亲切。但当陈浩讲起黑行谷35年前的“幽灵”再现时，杨健感到诧异和惊讶，他那炯炯有神的眼睛被泪水模糊了，原来，他正是35年前国民党反动派在黑石谷制造惨案的唯一幸存者。杨健决定要和陈浩一起捕捉这些35年前的“幽灵”。

杨健带着仿生全息雷达来到了黑石谷。在他和陈浩的指挥下，用人造气候模拟了小辉看到“幽灵”时那种雷电交加的气候，终于使35年前的一幕惨剧重现在雷达荧光屏上。杨健情不自禁地用嘶哑的声音讲述了35年前自己的亲身经历。人们充满敬意的目光一齐投到杨健身上，久久没有移开。

《纵横》，1981年第3期

“绣眼雀”与魔镜

杜建文　　黄粲兮

在最新攻防武器展览会上，人们正在踮脚翘首观看“绣眼雀”袖珍破雷器，人群中一位中年妇女突然张皇失措地尖叫起来：“哎呀！钱包！我的钱包丢了！”一场骚动平静后，“绣眼雀”已不翼而飞了。

公安局徐科长在“绣眼雀”发明者宋明的协助下，通过多方面侦查，才知道“绣眼雀”已被老K窃去。当他们赶到老K居住的小屋时，房里空无一人，却意外地发现了一份土拨鼠行动计划。根据计划，今晚零时整，老K将携带“绣眼雀”到云乐洞深处等候。国境线的那边将发射一枚名叫“土拨鼠2号”的地下火箭，以每分钟3公里的速度，从离地面100米深处穿越国境，进入云乐洞底端，将老K和“绣眼雀”一起由原路带出国境。

深夜，徐科长一行来到了云乐洞，经过短时的紧张搏斗，老K束手被擒，并从他身上搜出了“绣眼雀”。这时已是23点30分，再过半小时“土拨鼠”将从地面出现。

不久，洞底出现了一只双眼闪动着绿光的“土拨鼠”。当敌人发现机密已经败露，“土拨鼠”又入土向国境线窜去。宋明立即把“绣眼雀”破雷器的开关拨到发射端，“绣眼雀”发出的信号，引爆了“土拨鼠”身上携带的触炸装置，终于使土拨鼠自行爆炸。

《科学文艺》，1981年第4期

依纳斯，请别靠近

范　瑜

电视中心播放的一条新闻像一声雷鸣打破了清晨的宁静：根据天文学家的预测，20世纪末，有一颗名叫依纳斯的小行星将和地球发生碰撞。

电视记者杨敏和陈玲专程到科学城去，采访了国家太空总部的负责人郭诚教授。

郭教授介绍说，依纳斯正慢慢地接近地球的轨道，再过20天，它将和地球相撞。依纳斯直径1300米，质量6×10^9吨。论体积和重量，它只不过像地球上的一座山丘。但是，它以很高的速度撞到高速运动的地球上产生的能量将是十分惊人的。国家太空总部已经制订了一项周密的“柯林森计划”，就是从地球上发射SID离子火箭，让它带着爆炸力相当于1000万吨级的W弹，在远离地球四万多公里的地方迎击依纳斯，把它炸成碎片，或者使它改变运行轨道。最后，郭教授还邀请她俩在8月24日到火箭发射场去采访，亲眼看看柯林森计划的实现。

这一天终于来到了。杨敏和陈玲进入了火箭发射场的控制中心。当依纳斯距地球162000多公里的时候，郭教授一声令下，发射台上迸发出一道蓝色的闪光，SID以每秒18公里的速度向预定的轨道飞去。SID距依纳斯越来越近了，它一头撞在依纳斯上，只见一个发光的小圆团渐渐膨胀变大，成为一个美丽的金色圆状物。一会儿，圆团慢慢地消失，许多碎块朝四面八方飞去。截击成功了，控制中心响起了一阵欢呼声。

《我们爱科学》，1981年8月号

深海怪客

方　丁

雷达值班室的荧光屏上出现了飞碟的踪迹。指挥员赵遂打开了大屏幕电视，飞碟的外壳忽而变黄，忽而变绿。这时，电子打印机上打出一张纸条：绿-3秒，黄-6秒，黄-6秒，黄-6秒……仿佛是某种信号。为了探测飞碟上是否有人，劳明安教授建议用数字语言进行试探。因为数学是一切“智慧生物”的共同语言。

由电子计算机控制的特殊探照灯发出了一条高能光束，把“1+1＝？”的信息直射飞碟。顿时，飞碟闪了两下红光。探照灯又发出了一连串数学方程式的信息，飞碟又立刻作出了回答。

看来飞碟上一定有人。生物控制论专家黄英教授显得格外激动。他急切地要求向飞碟上的人发出邀请。邀请的信息发出后，飞碟上出现三个红色光点，忽明忽暗，黄教授判断这是一种激光拾音分析装置，它能将地球上发出的信息翻译成他们的文字。

不久，飞碟来客派来了代表。一个和我们人类相仿的飞碟人，操着标准的普通话，向老赵和黄教授作了自我介绍：“我来自亚特兰提斯大陆，名叫沃尔克。”他邀请老赵和老黄一起去参观他们的飞碟。

赵、黄两人进入飞碟后，沃尔克向他们介绍了他的同伴纳琴和克拉勃。它们三个都是机器人，都有眼睛和耳朵，形状却不相同。沃尔克似人形，纳琴没有臂与腿，长着鳍状肢；相反，克拉勃却有六条胳膊，肩上有一对翅膀。据机器人沃尔克介绍，它自己主要在陆上工作，纳琴在深海中工作，克拉勃能在空中自由飞翔，并用它的六个上肢，非常利索地完成各种困难的空中作业。飞碟上有各种计算机系统，有调节飞行速度和高度的“奥特迈”系统，有能破译和模仿各种语言的“兰乖则”系统……当他们走进飞碟指挥中心，有一种特殊气味迎面袭来，黄教授对老赵说，大概我们正在被一种不知名的高效气溶胶消毒剂进行消毒，以免把人类的致病微生物传染给飞碟人。这时候，他俩突然听见一种呼吸声，便好奇地走进一间用透明材料做成的房间。只见中央有一堆发着荧光的物质，时而呈圆球状，时而像手，时而变成心形……小屋响起了优美的声音：“我是亚特兰提斯人。”原来，亚特兰提斯人没有固定的形态，常常根据需要变化，因为它们经常要思考，常常变成脑的形态。这次，它们来地球考察，由于脑的能量转化发生了紊乱，不能返回自己的星球。黄教授给它输入了环一磷酸苷和环一磷酸乌苷，它马上恢复了健康。这位飞碟人非常感谢黄教授和老赵，表示要将地球人的这种珍贵友谊带回去。

黄教授和老赵告别了飞碟人后，飞碟便腾空升起，向着无垠的太空飞去。

《科普园地》，1981年第4期

“铁达尼号”沉船案

费金深

沉船事件发生后，“铁达尼号”的罗斯船长被控犯有渎职罪和误伤1490条人命罪。法院传讯他出庭受审。

罗斯船长将当时发生的一段奇异经过告诉法官：“当时，海面上能见度很好，轮船在全速前进。想不到从海洋里突然冒出一座冰山，使轮船和冰山相撞而沉没。

“我是最后一个落水的，当时感到有一股沉重的力量，把我拖入海底，我尽力挣扎，也无济于事，直到我失去知觉为止。

“当我醒来时，发现自己躺在沙滩上。这里除太阳和空气以外，一无所有，我绝望地躺在沙滩上等待死亡。

“忽然，我看到附近海面露出一个碟形怪物，走出两个彪形大汉，彬彬有礼地请我上去，把我带到一座被沙漠包围着的城堡。在一间金碧辉煌的大厅里，迎接我的是一位美丽的女子，她的名字叫貂蝉，是网罟星科学院专门派来监控地球的。当他们发现“铁达尼号”上有人带着3千克氘，这种危险品一旦爆炸，地球就要毁灭。于是，他们来不及征求我们的意见，就派了考察队员在纽芬兰附近海域，拖来了一座冰山，将“铁达尼号”海轮撞沉。船上1490人已全部被救到圣皮埃岛上，然后，将海员送回英国，乘客送到美国，把德国和法国游泳队的队员送到比赛地点参加比赛。这就是“铁达尼号”沉没的经过。

“庭长先生，我不想多说了。‘铁达尼号’毕竟是沉没了，我是船长，如果法律认为我有罪，我愿接受制裁。”

《飞天》，1981年11月号

冰山碟影

费金深

外科主任医生南宫文玲接到院长值班室打来的电话，要她马上去诊视一个特殊的女病人。这个病人身材矮小，瘦骨伶仃，脑袋特别大。她是一个从失事飞碟上被救出的，已经摔昏了的天外来客。南宫检查时发现，病人的心脏仍在跳动，看来还有救。救护飞机立即载着病人飞返医院。突然，飞机上的仪表失灵。原来飞机的前方有一架磨盘似的飞碟正在拦截他们。在他们被迫降落时一切又恢复了正常，拦截他们的飞碟也消失得无影无踪了。

病人被送进了一间特殊的隔离病房。忽然，南宫听见开门声，接着，病人被一股无形的力量托起，向房门方向移动，房门被打开后便走了出去。南宫赶紧打电话告诉院长值班室，自己随即追了出去。在广场上，停着一架圆盘形飞碟，只见病人已钻进里面，南宫大声喊叫："这是我的病人！"话音刚落，南宫就晕了过去。

南宫醒来后，发觉自己已躺在地板上。一个矮人进来，做着各种手势向她示意。南宫试图用英语、拉丁语跟对方交谈，对方怎么也听不懂。这时，进来一个"巨人"，竟是她大学里的同学司马桓，通过他翻译，南宫才知道这些矮人是水球上的爱利斯人。他们穿着隐身服从医院里救走了他们的同伴，爱利斯人在土卫六上建立了基地，每隔300地球年来太阳系一次，考察30年后再返回自己的星球。他们的星球是织女星里的一颗小行星，星球上的陆地面积只占5%，95%是海洋，所以他们把自己的行星叫水球。

司马桓是在12年前不幸滑落在冰川里，后来被他们从冰川粒雪盆里挖出来，并把他救活了。现在他正在土卫六上教他们汉语和英语，三个月后将返回拉萨。

爱利斯人为了不使地球人为南宫失踪而担忧，决定当晚将她送返地球。晚上，飞碟降落在广场上，南宫告别了飞碟上的天外来客。

《甘肃日报》，1981年1月9-27日

太空惊梦

封根泉

小军驾驶着飞船在空间巡航，突然雷达屏上出现了一个奇怪的目标，原来是一艘飞船正在逼近一颗人造卫星，只见强光一闪，再也找不到那颗人造卫星的踪影了。

这艘飞船得胜之后，又转入了新的轨道。它究竟想干什么？小军决定尾随跟踪，只见它靠拢另一颗人造卫星后，打开舱门，出来一个穿着空间宇宙服的宇航员，用熟练的动作飘向人造卫星，然后登了上去，取走了一些仪器，又返回飞船。接着，那艘飞船又转向另一个目标，并射出一个东西，原来是个机器人。这个机器人长着八只大手，好像螃蟹似的张牙舞爪，通过一个喷气动力装置，飞向另一个目标。哟！那是一台空间太阳能激光炮。它在炮架上忙了一阵，把激光炮的大型太阳能电池翼片修好，飞船回收了机器人之后，又做了一次机动飞行。它好像又发现了什么目标，突然从飞船上放出一枚导弹，向下面飞去，倘若到达地面，必将使祖国和人民蒙受巨大的损失。小军连忙按动飞船上的导弹开关，发射了一枚超速导弹，把那颗导弹消灭在空中！这可触怒了敌人，飞船猛地向小军驶来。

一阵强烈的警告声！这是激光警报器的声音。小军意识到，敌人正使用刚才修复的激光炮对准了自己，他连忙使飞船做机动飞行，并使自己的飞船飞向激光炮和敌方飞船的后面，使激光炮不能发挥作用，反而有可能伤害自己的飞船。敌人虽然不能使用激光炮了，可是，仍然死死地盯着。怎么办？和敌人拼！小军驾驶着飞船勇猛地向敌人驶去，目标越来越接近了，碰撞的时刻已经来到！小军蓦地睁开眼睛，只见房间里一片漆黑，原来这是一个梦。多么奇怪的梦啊！不，不奇怪。白天朱教授和小军谈了许多关于“空间战争”的故事。梦中所涉及的许多情景，意味着空间将会成为未来战争的新领域。

《兵器知识》，1981年第1期

爱的回声

冯传德

在巴黎国际医学研究所的中心实验室里，中国专家陈华教授刚主持完“垂体激素特殊氨基酸活性顺序实验”，正悠然地坐在绿色转椅上，浏览着报上的新闻要目。一条新闻——一幅轰动巴黎的绘画杰作将于今日午后在凡尔赛进行拍卖——吸引住了他。陈教授不仅是一位出色的科学家，也是一位美术爱好者。他决定去看看这幅名画。

下午，凡尔赛拍卖场十分拥挤、喧哗。

一幅仪态大方、美丽绝伦的少女画像……教授完全被它深邃感人的艺术魅力慑服了。

这幅画的拍卖价码一直在往上涨。终于以一万法郎的高昂价格，售给一位雍容大度、面目端庄的中年太太。

一星期后，那位买画的太太来到陈教授的家里，请陈教授为她的一位失去记忆快35年的朋友治病。陈教授感到为难。这项研究正在动物身上做实验，还没有应用于人体，更谈不上对长期失去记忆的人做临床治疗。当他得知那位病人就是那幅名画的作者马赛尔时，便答应试一试。

陈教授看到这位著名的画家不禁大吃一惊。马赛尔瘦骨嶙峋，皱纹满面，衰老佝偻，身体弯成一团蜷缩在椅子里。他的眼睛虽然睁得大大的，却对眼前的那位太太与陈教授毫无感觉。陈教授决心以全部精力来治疗这位病人。

患者躺在屋子中央一张活动弹簧床上，他的头发已被剃光。两台像摄影机一样的X光电视断层扫描仪，自动地向床头轮番推进推出。陈教授手握注射器，在患者的后脑勺找准部位，插入针头，将针管内粉红色的垂体激素活性肽液缓缓注入。15分钟后，患者呼吸均匀地进入了梦乡。这时，一台悬空的仪器将一束紫红的光线投射在病人头上。过了5分钟，墙壁上宽大的立体荧光屏出现了跳动的耀斑，这些耀斑迅速扩大，最后变成了数不尽的脑细胞，密密麻麻地布满整个荧光屏。“加大电流，注意搜索脑细胞故障链。”随着陈教授的声音，荧光屏上的亮度增大了，在那密密麻麻的脑细胞中，出现了一条弯曲的蓝色细线，紧接着，屏幕上又出现了一群粉红色的像细菌一样的活动分子，迅速地扑向那条蓝线……这是进入人体的脑肽在吞噬细胞故障链。

通过增加脑肽注射量，记忆细胞复苏了。在荧光屏上映出了动人的画面。陈教授由此知道马赛尔是因为失恋而失去记忆，他过去的恋人就是现在请陈教授为马赛尔治病的戈登太太。当时，她因为误解了马赛尔而与戈登子爵结了婚。那幅画中的少女就是年轻时的她。

试验成功了。戈登太太也就成了马赛尔太太。当马赛尔在他太太陪同下前来拜谢陈教授时，他希望教授把奇迹的奥秘告诉他。陈教授说：“在人的身上存在着生物电，人在思维或运动时，这种生物电就会产生谐振电波。垂体激素肽类不仅能消除功能障碍，而且能使脑细胞苏醒，使脑组织发生脉冲性收缩，从而恢复记忆。”

“这简直太神奇了！”马赛尔夫人听了，感叹不已。

“不，这仅仅是开始。今后，我将研究对人的大脑组织进行更换和移植。”教授自信地回答。

《科学文艺》，1981年第6期

白玫瑰花的秘密

高炜宾　孙洪威

在我去月球旅行之前，一位老太太要我带一束白玫瑰花去，安放在月球上她儿子的纪念碑前。我怀着崇敬的心情收下了这一束花。

航天飞机第一站停靠在一号空间城。我和一个叫季民的小伙子一起住在百花旅社。季民劝我看看他给我的那本书。这书的名字叫《遗传工程在现代的应用》。书中的最后部分介绍的是“基因武器”：用遗传工程制造的一种杀人武器——25克具有肉毒素基因的大肠杆菌，即可将整个人类全部毒死。就在这天晚上，我的机器人贝贝被人用电刀“谋杀”了。季民告诉我，那个送花的老太太是个伪装的敌人，他们想让我把那束藏有基因武器的白玫瑰花带到月球上，然后通过遥控，让它释放出来……到了月球，看他们究竟怎样行动。

航天飞机到了月球。在宇航英雄纪念日那天，我拿了一束白玫瑰花去纪念碑献花，只见有一对男女也拿着一束白玫瑰花来到纪念碑前，他们刚把花放在墓基上，季民来了，他迅速地掐下其中的一朵花，飞快地放在一个密闭的小盒里，转身拿出激光枪制服了这两个匪徒。季民对我说：“回地球去后，把贝贝送到我那儿去‘复活’。”

回到地球后，我买了一束玫瑰花，带上装着贝贝的旅行箱，去公安局找季民。一个头发花白的老同志把我领到一座白色大理石塑像前，塑像下面写着“侦察英雄纪敏烈士像”几个大字。我真不懂他与季民有什么关系。后来，他又领我到了另一间屋里，有一个与季民模样十分相像的人，就是没有丝毫生命的痕迹。原来，季民是个机器人，它的电脑已被送去定期检修了。那位老同志告诉我，为了纪念纪敏烈士，季民是仿照纪敏烈士的形象制作的，用它来继承纪敏的事业。我听了肃然起敬，把带来的一束玫瑰花献在纪敏的遗像面前。

《智慧树》，1981年第5期

小林博士的眼睛

高岩松

日本留学生小林曾二在B国发现的一种新的核元素轰动了化学界。B国特务机构绞尽脑汁想要小林为他们服务。经过秘密策划，他们在小林专用的电子显微镜里，放进了一颗比黄豆还小的微型炸弹。小林的左眼被炸瞎以后，他们又威胁恐吓医生，把特制的人造眼球——一只结构精密的微型电子传真摄像机，接植在小林的左眼窝里。这只人造眼球不但能使失明者重见光明，而且能把看到的物像通过电子信息波发射出去。这样，阴谋者只要通过这只间谍眼，就能把他们所需要的科技情报弄到手。

小林曾二回到日本后，在科学院川木先生的陪同下，到核发电厂的地下实验站去参观。在一个结构特殊的巨大实验室里，电子警戒系统发现小林的眼中有一种奇异的电波。这个警戒系统进行“侦查”时，小林便感到左眼和头隐隐作痛。他走近机器，想观看机器上的仪表。这时，电子警戒系统经过“分析”，确认小林的左眼是一只间谍眼，于是发射出一束强烈的激光，烧毁了那只间谍眼。由于激光对脑神经的刺激作用，小林惨叫一声，昏迷了过去。

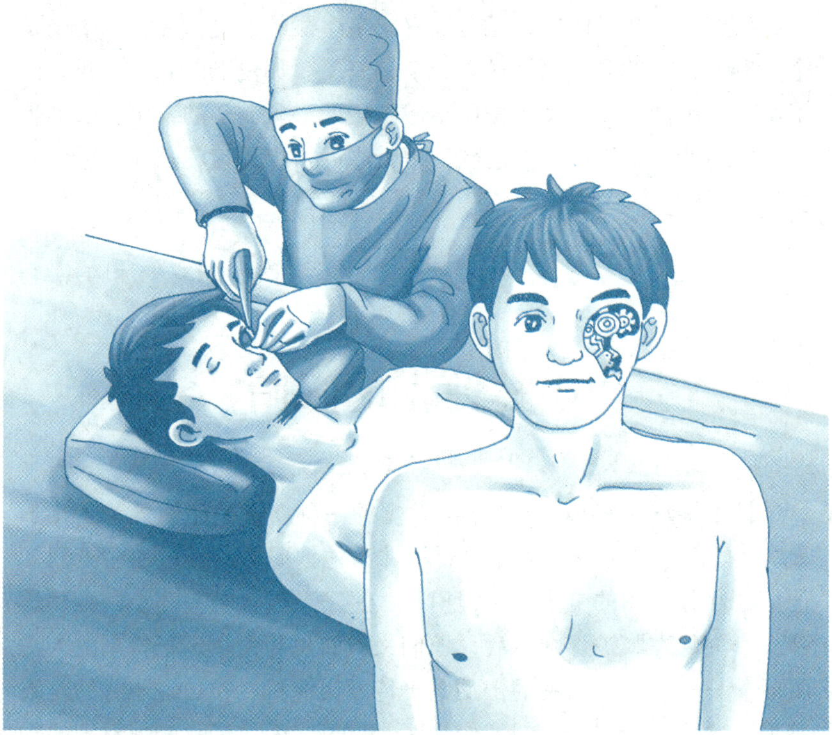

日本眼科专家把一只新型的真正人造眼球，接植到小林博士的左眼窝里。10天之后，恢复了健康的小林博士出院了。他又走进实验室，继续投身到伟大的科学研究事业中去。

《少年科学》，1981年7月号

太空上的阴谋
——长篇科幻小说的一个章节

贡吉荣　　包　蕾

罗沙联邦王国的国王罗斯，为了霸占全地球，阴谋抢占飞碟作为侵略工具。他借外太空科学家邀请地球人前往太空旅行考察的机会，派遣特务克拉特混入代表团，伺机夺取飞碟。

在飞碟上，反对国王霸权的舒而立被克拉特杀害了，而克拉特则被人们打得鼻青脸肿，昏了过去。外太空科学家诺尔巧妙地将舒而立的身体和克拉特调换了，以便惩罚克拉特。为了使他们“死”而复苏，诺尔招呼机器人为他们做气功和按摩，用生命的信息启动他们的心脏搏动。

舒而立和克拉特相继醒来了。这时，克拉特的头像黑熊的头一样，又肿、又黑，他万万没想到，戳了舒而立一刀竟会伤在自己的身上。克拉特见舒而立穿着自己的衣服，就请他把口袋里的东西还给自己。舒而立从口袋里掏出了钱包、小笔记本和图章。

这时，传真通讯系统的紧急联络红灯亮了。诺尔打开传真通讯系统，墙上映出了地球上的赤道风光。突然，一只庞大的飞碟从唐迪兰共和国南面的海洋升起来了。接着，诺尔在传真屏幕上看到他的女儿兰琼，在和被人们称为“野人”的一种猩猩说话，她正在教猩猩跳舞。

不甘心失败的克拉特离开了这里。他用右手在口袋里旋转印章的上端，直至印章里开始散发出一种很微量的淡淡的气味。这是一种平常人不注意的气味，而对于他的上司来说，这是识别联络的极重要信号。果然，他的上司闻讯而来了。克拉特向他报告了关于唐迪兰共和国、飞碟和野人的事。

几十分钟后，克拉特报告的消息已传到国王罗斯的耳中。唐迪兰共和国会不会用飞碟为武器称霸全世界？罗斯对此十分担心。他让人在飞碟中广泛散布关于野人、飞碟和唐迪兰共和国之间有不可告人的关系等谣言，甚至胡诌唐迪兰共和国在飞碟的帮助下，已开始进攻罗沙联邦王国，使人们对太空人有所戒心。

在罗斯王国，正在酝酿着新的阴谋。

《小溪流》，1981年第3期

长寿人

何晓秋

从银河A-PH星球飞往地球的第17650航次宇宙旅行飞船，于12月1日9时在汉堡机场降落。约翰·马克在9时30分到达离汉堡100多公里的小镇普尔。

普尔镇的街市使马克晕头转向，他问行人："华盛顿大街往哪儿走？约翰·马伯路公寓往哪儿走？"不论是年轻人还是老年人都不知道。马克只得到镇保安处去打听。保安处处长汉斯问他是在什么时候离开普尔的，马克说是2178年。当汉斯算出2478年到2178年这个数字时，心想这家伙是不是精神病？他写了一张卡片塞进自动查询机，机器跳出的卡片上写着：马克，男，德国普尔人，2178年失踪，时年30岁。汉斯看后不禁出了一身冷汗，决定暂时把他安顿下来。

国家保安部部长波特接到汉斯的报告后，怀疑马克是宇宙间被追捕的机器人。他立即派遣破案组，当夜来到普尔，并挑选了年轻机智的女保安人员玛丽娅给马克当佣人。

一天晚上玛丽娅来向波特报告，马克向她求婚。波特要玛丽娅答应同马克结婚，以便在婚前身体检查时弄清他是不是机器人。结果却没有发现什么破绽，只得允许他们举行婚礼。两个月后，波特的所有推断彻底破产——玛丽娅怀孕了。事实说明马克不是机器人，那他怎么能活330岁而又这样年轻？

在各国专家的帮助下，波特查阅了普尔地区的所有历史资料、法国的全部历史文献、美国中央情报局的几十万吨档案，访问了几千名有关人士。在玛丽娅将临产时，波特将他们夫妇请到保安部，向他们和各国专家宣布了调查结论。原来马克生于2148年，富翁马伯路久婚不育，收马克为养子。后来马伯路生了儿子，多方迫害马克，并不许他和玛丽卡结婚，马克愤而自杀。这是2178年的事。

当时在普尔有位著名的生物学家霍莱博士，他在中国留学取得博士学位后，夫妇长期努力，发明了“接近死亡的生存”物质，在动物身上试验，可以10年不腐，20年死而复生。马克自尽后，霍莱夫妇发现他一息尚存，他们对他使用了“接近死亡的生存”物质，使马克生存了下来。2179年普尔发生大地震，霍莱夫人丧生，霍莱和保存着一息生机的马克，被某国间谍劫往A-PH星，飞行中霍莱因心脏病突然发作而死亡，他们把霍莱和马克的尸体抛于该星的山谷中，马克因10年不腐，20年死而复生，因此，活了330岁还像他自尽时那么年轻。

这就是长寿人的秘密。

《科学文艺》，1981年第1期

真假博士

何晓铮

研究所发生了机器人017叛逃的重大事故，王莉工程师马上打电话给在澳大利亚开会的所长兼总工程师吴浩宇博士。可是吴博士已启程回国。

吴所长回到所里，机器人孙丁来找王莉，说："门外又来了一位吴所长。"果然，一个与刚才的吴博士一模一样的人，从汽车里钻了出来。众人都为眼前的景象弄懵了。两个吴博士见面也不相让，一番舌战之后，还动手扭打起来。

王莉心里十分明白，机器人叛逃那天，放在保险柜里的吴浩宇的记忆磁盘也不翼而飞。由于在这个记忆磁盘中录下了吴浩宇头脑中的全部信息以及他身体内的结构密码，通过特殊设备，可以合成出另一个与吴浩宇一模一样的复制品。因此，现在很难将他两人分辨开来。王莉想到机器人的智慧，充其量只是将人类智慧剽窃和转移过来的，而人类的高级思维它就不一定行。想到这里，王莉定下了一个计策。

晚上，王莉借故领他们去贵宾室参观。其中一个吴浩宇对墙上的名画看得出神，而另一个吴浩宇却淡漠地左顾右盼，看不出有什么东西能吸引他。这一切都被王莉看在眼里。

王莉又打开装在壁内的立体声播放器，《得利格小夜曲》的旋律在室内回荡。那个悉心观画的吴浩宇显得十分激动，而另一个吴浩宇却十分注意左侧储藏图纸的储藏室。这时，王莉按捺不住了，对这个吴浩宇说："该收场了。"这个被王莉揭穿了的假吴浩宇马上拔腿就跑，可是，当它跑到大门口时，突然倒在地上不动了。原来，王莉在这里设了一个“电磁阵”，假吴浩宇被生擒了。王莉走近它身旁，无意触动了它的控制中心，它又站立了起来，捡起王莉扔在地上的一支激光枪，威胁着王莉。这时，门外来了一个身着咖啡色工装的机器人，对着假吴浩宇的后脊打了一拳，假吴浩宇便倒在地下，王莉赶快切断了它身上的总信息线路，这样它就无法复苏了。

原来，机器人叛逃后，吴浩宇的记忆磁盘也继而被盗。王莉决定造一架更为完善的机器人X去追捕017，此时017在某国的仿生研究所已被复制成吴浩宇，机器人X只好回研究所，正好遇到了这场搏斗。

《水下魔窟》，山东人民出版社，1981年10月

秘密试飞

何　因

据卫星发来的军事情报，A国东部境内的C集团军队，正向A国西部边境集结。为此，我驾驶新研制成的H-A飞碟型核动力模拟装置秘密起飞，沿我北方边界侦察敌方的军事行动。

在我的左上方，一下子出现了数十个椭圆形的飞碟。飞碟上的“牧夫”星人，把我当作同伴，便让一个飞碟同H-A对接着飞行。突然，我们被C国几十架飞机包围了。它们和地面上的坦克一起开火，许多小棍棍便向我们的飞船飞来。“牧夫”星人让小棍棍沿原道飞回。于是，C国的飞机都像烟灰一样，在蓝天上飘散了，地面上的坦克群也顿时化为一片火海。

就这样，一场灾难被制止了。

《科学周报》增刊：《科幻小说》，1981年10月10日

枪声报警

恒文光　　兴守勋

夜间11点。市公安局刑侦处侦察科科长江立群接到报告，几分钟前，一名公安战士被人杀害。江科长和他的助手伊大光立刻赶到现场进行侦破。

市农科所的汽车司机方亨，一边抽着“上海”牌香烟，一边听着香港流行歌曲。他的朋友韩行神色不安地来找他，对他说：“今天下午，车间突然要我们每人画几张零件图，这会不会同我丢失的那张做枪的图纸有关？”方亨听了不觉一惊，但脸上却依然神色自若。他接过话茬说：“不要紧，现在，你该回去休息了。”韩行从沙发上站起来，刚走出门，突然，“啊”地惨叫一声，便倒下去了。方亨把韩行的尸体装入一只麻袋，塞进了床底。

方亨走在一条山间小道上，他准备越境出逃。一只山兔从他的面前跳过，方亨掏出抢来的手枪，朝山兔放了一枪。他把打死的山兔放在火上烤熟，正要吃的时候，天空中出现了一架直升机，从直升机上下来几名公安人员，把他生擒了。

方亨惊异地问江科长：“你们怎么会知道我躲在山里的？”

江科长拿起一支被方亨抢去的手枪说：“枪里装有电子报警器，只要子弹一出膛，手枪就会发出报警信号，因此，我们就能知道是在什么地方打枪。”

《青年科学》，1981年8月号

火山岛上的迷雾

胡 根

沈汉光博士从一条大鲨鱼的肚子里发现一只绿色的瓶子，里面有一张纸条，上面有一行英文字母："香炉岛……上去了，给……咬断了腿，我不行了。告诉……到这儿来……鲨鱼……岛西北……洞……"看来，香炉岛上一定隐藏着奥秘!

香炉岛是一个活火山岛，它的样子像个大香炉。岛的四周尽是几十米高的悬崖峭壁，我和沈博士、李士强三人只好沿着云梯缓缓地攀登上岸。一头从未见过的面目狰狞可怖的怪兽，正张着血盆大口向第一个攀上悬崖的李士强袭来。沈博士朝它打了一枪，它才吃惊地掉头遁入怪石嵯峨的巉岩之中。

我们登上了香炉岛后，小李问老沈："那怪物是什么东西？"老沈沉思了一下说："它可能是一种鱼草龙。在地球的其他地方，早已绝迹了。"

我们来到了一个巨大的溶洞前，洞内黑暗潮湿，在手电筒的照射下，奇形怪状的岩石像无数晃动着的鬼影。在洞里，我们发现一具尸骨，旁边有一个箭头，直指石壁上一个用碎石堵着的洞。老沈把碎石搬开，从一个小黑洞里取出一个塑料袋，里面有一本笔记本。原来，这是沈博士的父亲27年前到这里考察时留下的考察笔记，最后一页写着：

香炉岛是冰川期前沉降到海里去的维乞马支山脉。登陆前，船触礁了，伙伴们都被鲨鱼咬死，我的双腿也给咬断……这里遗存着大量的古代生物。有三叶莲、原生藤……有鱼草龙。我不久将离开人世了，遗憾的是不能在有生之年返回祖国，把学识和资料献给她。

《科学文艺》，1981年第5期

最后一次

胡晓林

夜幕降临，行人无几。艾克像普通行人一样走到银行前，朝里一看，出纳小姐正在清点钞票，老会计正好起身向里面办公室走去。柜台外一个顾客也没有。他观察了三天，三天的情形都是这样。他知道老会计进去后要五分钟才能出来，而他只要三分钟就能迫使出纳小姐把钱交给他，并安全地离开现场。

尽管上星期获释时艾克曾对沙姆警长发过誓，那次抢劫是一生中最后一次，现在机会这么好，他把心一横就进入了银行。女出纳员从容地点着钱。艾克一把抓住她的手，一手拿着雪亮的短刀，要她把钱交给他，女出纳员毫无反抗地让他把钱装进提包。艾克出了银行，只见一辆空车停在那儿，又是一个机会，看来确无危险，就坐进了汽车。谁知还没坐稳，他一屁股跌在水泥地上，汽车和钱包顷刻间都化为乌有了。

沙姆警长站在艾克面前，他还想抵赖。沙姆说，要不要放录像？艾克才老实下来。沙姆笑道：你不觉得刚才太顺手了吗？这几天你像馋猫似的在银行门前转，我们早就注意了。刚才出现在你眼前的所有情景，都是激光幻象仪制造出来的，科学技术毫不费事地就把你的最后一次的谎言揭穿了。

《大众科学》，1981年第1期

相逢何必曾相识

胡晓林

娜琳小姐在超级市场里闲逛，在化妆品货架前，她被绿宝石牌香水迷住了，这香水每瓶售价一元二角，可她一看钱包，钱却不够。凭她的经验，若是偷吧，逃不过闭路电视的监视。于是她把目光投向人群，寻找熟人，哪怕见过一面的也行。这时候，一位穿着整齐的风流男子向她走来，娜琳急忙向他招呼，这男人好像明白她的意思，答应帮她的忙。娜琳把香水装进提包，正要向他道谢时，那男人却抓住她的手要她付钱，娜琳生气地指责他不该捉弄人，这男人说："别生气，小姐，这是我的职责。"说罢转过身来，只见他背上写着：智能机器人汉斯，能主动为您解决棘手难题。可是您别忘了，在您离开时应交付一元酬金。

《大众科学》，1981年第1期

公路桥坠落之谜

胡晓林

下午三点，横跨乌江的17号公路桥突然断裂成几截，坠落到湍急的江水中。

使监查员陈正伟和大桥设计工程师张天林感到惊奇的是，在大桥塌落的几秒钟时间里，找不出可以用来解释的原因。后来，陈正伟从望远镜里发现峡谷远处有一个小白点，那里是声学研究所的一个实验小组。于是，他们来到了山谷中的一块小平地上，映入他们眼帘的竟是一片劫后的凄惨景象。一幢活动塑料房变成了七歪八倒的板块，在废墟的草地上，躺着两个死人。突然，从废墟中传来一阵微弱的呼救声。陈正伟等从废墟的一个角落里救出一个头发蓬乱的人，张天林认出他就是王宏博士。王宏用极为痛心的口吻把事情的经过告诉了张工程师。

王宏正在研究一种超小型次声振荡发生器“次声-B”，由它产生的次声波具有巨大的破坏力，能够破坏物质内部的分子结构，以至整个物体，将来可用于开矿、开凿隧道等方面。后来，这项研究被外国K公司知道了，他们想要用它来为军事目的服务，提出要购买王宏博士这项研究成果，但被王宏拒绝了。王宏在国外的一位老朋友苏明达知道了这件事，十分赞扬他的爱国心，在他回国的时候，送了两个万能的机器人给王宏当助手。谁知在这两个机器人的记忆系统中已输入了特殊指令，要它们在暗中把王宏的全部设计储存在它们的电脑中。今天中午，当王宏博士休息的时候，它们从实验室里偷取了一台“次声-B”，用它发出的次声破坏了整个实验室，幸好它们只懂得使用一挡低能量振荡，王宏用另一台“次声-B”，把旋钮扳至第三挡，用高能量振荡把它们击毁了。地上躺着的两个死人原来是两具机器人。

现在，一切都明白了。17号公路桥正是被这种次声波摧毁的。

《科学之春》，1981年第2期

机器人之恋

胡晓林

在城市规划管理中心，有一台老牌“38”型电子计算机，论年龄，它是老前辈；论经历，它饱受工作的艰辛和折磨，做出了应有的贡献。它在与主人的长期接触中，学会了类似主人的思维方式。可惜，三天前，它的主人死了。

第四天上午九点钟过后，来了一位姑娘，她对老计算机宣称：我就是你的新主人。姑娘输送了一个指令，要它复制三份本市的总体规划，并且提出一项修正方案。她看了规划和修正方案后，不禁皱紧眉头，这些数据太落后了。按这个方案来建设城市，真叫人哭笑不得，难道住在十层楼上的人，还得从最低层把煤抬上去，再说烧煤球这件事是哪一个年代的事啊？！姑娘要它重新提一个方案。

老计算机又提出一个按老主人的眼光，全带有“洋、大、怪”的不健康色彩的方案。姑娘认为虽然比过去好一点儿，但仍不理想。老计算机发出了嗡嗡声，带着教训的口吻说：“年轻人，我们有自己的民族风格，不能把国外那种不健康的东西视为珍宝。”

姑娘反倒乐了：“哈哈，你倒有一套理论呀！可是今天已进入21世纪了。时代不同了，人们的要求和认识早就不同了。”老计算机受了很大的委屈，但它根本没有存储姑娘要求的那种设计，也接受不了姑娘带来的新资料。于是，他们之间出现了对抗性的危险。最后还是姑娘让步了，她提议休息一下。在闲谈中，姑娘谈到了她爱上了一个人时，老计算机根据她谈的情况，教给她一个方法。

第二天，姑娘告诉老计算机，昨天她陪伴了她所喜欢的那个“人”整整一个晚上，把自己的各种图像信息统统塞进了它的记忆中枢。今天上午，总设计师要它工作，可是它的记忆储存系统里却只有留下我对它说的话，我为它唱的歌，我给它留下的深刻印象。老计算机听了赶紧问：“这怎么可能呢？他是人啊！”

“不，它是一台刚出厂的‘2004’型电子计算机。”“我也是台电子计算机，是一台为‘领导’服务的2003型电子计算机。”老计算机全身颤动了一下。

姑娘看到老计算机仪表板上的极限电流警告灯全亮了，它已无法正常工作了。姑娘沮丧地看着它，无能为力地说：“昨天我糊里糊涂地听了你的话，把事情全弄糟了。‘2004’型计算机将去修理，我也要改换工作，你太老了，真的，如果你还年轻，也许我会觉得你是可爱的。”

不等老计算机答复，姑娘已经走了。这时，响起了一声深沉的叹息和一阵刺耳的碎裂声，老牌“38”型计算机“死了”……

《科学之春》，1981年第6期

这儿出产天才

胡晓林

年轻的麦凯尔百般无聊地翻阅着《太阳报》。突然间，他把目光落到一条消息上：“……曾荣获诺贝尔医学奖的遗传学博士吉姆·詹金斯，尽管他是第一个能改变人种遗传基因的伟人，但今天他却无法应付妻子的巨额花费，陷入生活的拮据之中，借贷无门……”

看着看着，麦凯尔脑袋里猛然闪现一个奇特的念头。几分钟后，他亲自登门拜访了穷极潦倒的詹金斯，并与他谈妥合作进行制造“天才”的行当。三个月后，《太阳报》登载了整整一版“天才专利公司”的广告。

或许是这个广告太离奇了，“天才专利公司”开张几天来，竟很少有人来问津。正当麦凯尔为公司打不开局面而烦恼时，马修斯拜访了他，马修斯指出“天才专利公司”打不开局面的原因是，没有向大家提供制造天才的实际例子。为此，马修斯愿提供一个与真人一模一样的智能机器人，以充当由“天才专利公司”制造出天才的实例。

两天后，《太阳报》登载了一位名叫霍姆·亨利的记者所写的报道：“小城哈巴拉克有一位上月才满三岁名叫沙特的男孩。他智力超人，完全可以跟一位有教养的成年男人相比……据说沙特的母亲曾接受过一位专家为她施行的一次小手术，而这位专家就是今天‘天才专利公司’的技术指导。”

消息见报的当天，许多人都来公司了解当天报上这条消息的真实性，但他们得到的都是既不否认，也不肯定的答复。正是这种模棱两可的回答，使得一些本来就对复制天才感兴趣，但又怀疑不定的人，开始有了信心，准备试试看。

紧接着，第二天《太阳报》又出现了一条消息：“据可靠消息透露：神童沙特的母亲确实接受过‘天才专利公司’的‘天才’基因。出于尊重沙特父亲的名誉原因，该公司没有向公众渲染此事……”

于是公司的业务空前繁忙。一阵孕育天才的狂热，竟成了妇女们最时髦的事。麦凯尔做梦也没有想到，在这群赶时髦的妇女中，竟有他自己的妻子。

《花溪》，1981年3月号

智囊计划

胡晓林

艾克是一位电视台记者，却被国家安全局G-3办公室的格雷尔·布什委托去侦破最近发生的好几起技术资料盗窃案。为了能使艾克顺利克服非人类习性的困难，布什在艾克的脑袋里装置了一台微型电子计算机。

艾克来到了沙特克小镇。他根据装置在脑袋里的电脑的命令，将一只经国家安全局巧妙复制过的、冒充机器人的掌纹的手伸向门卫，进了沙特克；他又按电脑的指令，将假情报交给了一个金发女郎安妮。艾克从安妮的冰冷、木然的眼神中，本能地感到她是一个智能机器人。自此以后，艾克就以送情报为名进行侦查。

一天中午，艾克突然被叫进了一幢白房子，安妮丰满而柔和的身体，使艾克感到吃惊，竟忘记她是个机器人。这时，安妮真诚地告诉艾克，沙特克的主人海默尔·马歇七年前买下一台大型“RW-120”型电子计算机。他花了七年时间，彻底改装了这台计算机，使它变成一台能储存大量信息，并能进行思维的特殊计算机（取名为“首领”），同时，马歇制订了一个“智囊计划”。他派出智能机器人到世界各地窃取各重要部门的电脑储存信息，然后把这些信息处理加工并囤积起来，构成一个“超级智囊”。待到世界上出现知识贫缺时，乘机高价出售，以达到垄断人类智慧的目的。现在，马歇虽死，“首领”仍按照马歇的指令，操纵着13个机器人在外在执行盗窃任务。听着安妮的话，再看她含情脉脉的脸，艾克的防线被彻底摧毁了。他伸手将安妮搂住。突然，房门打开，持枪的男机器人冲进来将艾克逮捕了。这时艾克才清醒，知道自己中了机器人安妮的计。正当机器人要处决艾克时，一道刺眼的强光一闪，接着便是“咚”的一声巨响，安妮用激光枪处置了这个机器人后，向艾克介绍了自己的情况。原来安妮也是布什打入沙特克的人之一。最后，安妮取出两片“终止信息卡”递给艾克一片，当他们将两片“终止信息卡”同时插入相距10米的计算机插口时，“首领”就立即停止了工作。艾克和安妮终于完成布什委托的任务，他们也因此由相识发展成相爱了。

《花溪》，1981年4月号

情

胡晓林

我们决定要一个长得和我一模一样的男孩子，于是来到了“人口规划及发展委员会”专设的“蓓蕾医院”。护士把我们的要求和希望一一存入电脑，接着用一把奇特的手术刀从我身上取下一个活细胞，放入盛满培养液的试管内。她甜甜地对我们说：“五个星期后，随时都可以来领回你们的孩子。”

当我们刚把孩子接回家时，173岁的曾祖母也来到我们家里。曾祖母是个固守旧习的人，对用科学方式养育后代持怀疑态度，显然与我妻子意见不合。因此她只住了一天就回去了。临走那天下午，我看见她在育儿室对机器人勤勤一边说，一边比画，谈了好一阵。自此以后，我发现勤勤对孩子的态度不同于其他机器人，倒有些像我所熟悉的某个人。

三年后的夏天，我们带着孩子和勤勤一起来到南海之滨的旅游胜地珍珠湾度假。一个奇怪的念头像海浪一样涌来，不管勤勤怎样劝阻，我决定带着孩子趁夜色渡海到对面的灯塔。为了使这次夜行更富于历史的风味，我预定了一艘具有古代风格的小小划艇。

当我和孩子登上年久失修的灯塔时，意外地发现勤勤也偷偷跟着来到了灯塔。就在这时，暴风雨突然来临了，我们已无法乘小划艇返回陆地，只好乘勤勤来灯塔时所乘的单人摩托艇。但这只单人摩托艇小得可怜，只能容纳我和孩子两人。

风狂雨骤，密集的雨点，伴随着汹涌的海浪，倾泻在我们身上。我赶紧坐到摩托艇上，命令勤勤把孩子抱给我。使我非常吃惊的是，孩子竟不要我，而要跟勤勤在一起。我不顾一切地把孩子从勤勤的怀里抱过来，钻进船舱，随手拉上密封盖。此时，我的左臂突然感到一阵剧烈的疼痛，原来是孩子使劲地咬了我一口……

暴风雨直到第二天上午才平息下来。那座灯塔已经倒塌了。中午，在海滩上发现了一具机器人的尸体。几个警察和“家庭服务公司”的职员抬起勤勤正往一辆工作车上走，我分开挡在身前的记者，走了过去。当警察知道我是这个机器人的主人时，把我带到了法院。通过技术鉴定，证实勤勤确因暴风雨而死亡，但令人费解的是，它的身上多了一组载有特别指令的信息编码。用特殊装置把它显示在荧光屏上后，我才恍然大悟，这条细心照顾孩子的指令是我曾祖母给勤勤接上的。

《花溪》，1981年9月号

我和科长，还有……

胡晓林

经过七天七夜的苦干，我终于在检查团光临前将雷诺调试好了。雷诺的相貌和身材与我完全一样（因为找不到一个肯做模特儿的人，只好自我模仿），在它的电脑里记录了20万条人世间常见的吹牛拍马之术。它能根据周围环境做出最佳反应，使受奉承的人心爽意悦。我从地下室打电话报告科长，科长叫我马上就去。谁知难以抵挡的困意向我袭来，我放下电话，就倒在角落里睡着了。

后来，一阵雷鸣般的敲门声把我惊醒了，科长怒容满面地站在我面前："好呀，拉奥，你在挖我墙脚！"我被他弄糊涂了。"你对检查团的头儿们说了些啥，捧得他们乐滋滋的！"我万分委屈地说："我早晨没有离开过这里，哪里会说这些话呢！"科长瞥了我一眼："早晨你不是和我一块去迎接检查团的吗？"我看了一下四周，雷诺不见了，这才恍然大悟："不对！那是为你制造的对付上司的机器人雷诺。你瞧，它不是回来了。"

科长朝雷诺看了一下，立刻叫我把它的模样改成像他那样。因为检查团吃了晚饭才走，还来得及。

《大众科学》，1981年第4期

青胜于蓝

胡晓林

在格列佛大街上，耸立着一块巨大的广告牌，上面写着：“在您的身体内有一只奇妙的生物钟，它主宰着您的生命。库尔德时钟公司能用最新的科学技术，拨动这只奇妙的钟，使您的生命出现时间性的跨越和暂停，甚至还能让这只钟倒拨。但是，您必须记住，选择只能有一次。”

卡尔马的母亲今年70岁，已衰老得令人难以想象。经过反复考虑，他终于在昨天下午，当着儿子的面，给“哈拉巴克养老院”挂了个电话，把母亲送到那里去了。卡尔马今年也有50岁了，他当然害怕老年的来临，何况他的儿子老是对他提起继承权的事。因此，他不顾一切地到库尔德时钟公司来乞求长生不老。

卡尔马从库尔德时钟公司的服务部里出来，他在那里接受了拨动生物钟的手术。也许是手术的原因，他感到疲倦和虚弱。一辆出租汽车在他的身前停下来。他像一个喝醉酒的人，摇摇晃晃，好不容易才打开车门坐了进去。汽车沿着繁华的大街向前奔驰。到家了。在推门的时候，卡尔马无意中发现自己的手变得十分干瘦，皮肤皱得像鱼鳞一样。就在他惊诧不已的时候，门开了。屋里坐着他的妻子丽莎和20岁的儿子克鲁多。

丽莎已不认识他了。打量了半天，她才大声问道：“你怎么变成这个样子？跟一个80岁的老头差不多了？”卡尔马借着墙上的镜子一瞧，顿时呆住了：镜子里竟是一个目光迟滞、白发驼背的老头！

“天哪！”卡尔马大叫着：“一定是那个浑小子拨错了时

间！”站在一旁的克鲁多冷冷一笑，然后不紧不慢地抓起桌上的电话：“喂，哈巴拉克养老院吗？我的父亲要一个床位，因为他今天已经到年限了！”

《智慧树》，1981年第6期

淡蓝色的梦

胡晓林

圣诞节之夜，参议员马略尔不和众人去欢度佳节，却独自呆呆地站在拉特埃夫大桥中央的凸出的地方。

现在，摆在马略尔面前有两条路：要么与哈里斯同流合污，出庭为洛尔希公司行贿舞弊作伪证，以保全洛尔希公司；要么随着洛尔希公司丑闻的败露，自己也身败名裂。因为他曾经接受过一笔与洛尔希公司有关的巨款。正当他跨上栏杆准备向河里跳时，突然，一双有力的手把他拖了回来。这个人原来是“天堂之路”公司的施特耐博士。他自称自从他的脑电波接收仪接收到马略尔要自杀的信息后，他就替马略尔安排了一种用“淡蓝色的梦”的方法来解脱马略尔的烦恼。

濒临绝境的马略尔将信将疑地跟着施特耐博士来到了他的实验室。在一条长长的玻璃通道里，马略尔惊奇地发现，通道两边的每间房间里都放着一块淡蓝色的冰，冰里躺着一具尸体。在尸体旁的牌子上都写着苏醒的日期。在这些人中，有患肺癌、白血病、肝癌等病症的，他们等待未来医学治愈这些病；其中也有政界要人，甚至还有正在被通缉的强盗……这时，马略尔才知道这就是所谓用“淡蓝色的梦”来解脱烦恼的方法。

光阴荏苒，2080年12月25日这一天来到了。一种悠扬的音乐在马略尔的头顶上响着，他浑身上下感到一种异样的舒服，就像是经过一夜甜美的睡眠后慢慢醒来一样。他怎么也不能相信这一“觉”竟会长到100年。此时，房间里发出一个甜甜的声音：请马略尔去3058号房间。马略尔做梦也没有想到，在3058号房间等候的人却又是哈里斯，而且他也是刚从“淡蓝色的梦”中醒来，特别是当马略尔听到“天堂之路”公司也是哈里斯的财产时，他感到耳边突然响起一声霹雳，惊得几乎要瘫倒在地上。此刻，马略尔彻底明白，所谓施特耐的“淡蓝色的梦”也是哈里斯设的圈套。

《视野》，1981年4月号

没有父母的人

胡小明

圣诞节之夜，“抵制科学原始教派”的成员们，以木棒和石块砸死了史蒂文森教授和100余名助手，捣毁了世界上第一个无性繁殖实验室，最后放上一把火，那2000位在模拟母体营养钢罐里的婴儿，哭叫着葬身于一片烈焰之中。

18年后的一天。

红极一时的篮球明星罗姆，驾车驰往训练基地。他是环球俱乐部篮球队员，三年试用期再过一个月就期满了，到时候将签署正式录用合同，得到50万元年俸。这就可以实现他的愿望，和洲际大厦屋顶餐厅那绝代佳人爱丽莎结婚。

训练基地在城外一座密林中，这里的训练由教练员詹姆士负责。此刻他见罗姆回来，热情地向他介绍了新来的伙伴亨利。

原来在18年前的那次暴行中，助理实验员贝得娄在混乱中偷带一个营养钢罐，从排水管中逃了出来，钢罐里的婴儿就是亨利。亨利长大后贝得娄花了10年时间，配置了一台冷酷无情的机器人，对他进行了全面的体育训练，然后把他高价卖给环球俱乐部。这一切，罗姆都从詹姆士那里听到了。他小时遭到父母遗弃，因而非常同情亨利。

亨利性格孤僻，不与人交谈，每晚睡前都去教堂附近散步，最怕听鬼神的传说，一听到便面色苍白。

训练阶段过去了。初次登场比赛，亨利展露锋芒，连老队员也瞠目结舌。第一场比赛，以悬殊的比分宣告了环球俱乐部的胜利。环球队和许多国际强队比赛结束了，亨利一跃成为世界瞩目的超级明星。比赛结束后又转入训练。罗姆心中闷闷不乐，他隐约感到，亨利可能将自己赶下明星宝座，因而威胁到那年俸50万元的合同的签订，那他的婚事和前途就都完了。

第二天，罗姆请病假回到自己的房间里，打开电视机，向中心讯问站查问有关无性繁殖的资料，终于知道亨利这批无性繁殖婴儿，是属于劳动类型的，长大后身体素质极好，能胜任常人难以忍受的沉重工作量，但因缺少母爱以及社会各种因素的影响，性格将是孤独、沉默，对不习惯的事物怀有强烈的恐惧感。罗姆为了不失去签订合同的机会，决定装鬼来惊吓亨利，只要亨利吓病了躺在床上一星期，他就可以参加圣诞节比赛从而签订合同了。

这晚亨利像往常一样睡前散步，突然看到罗姆装的鬼，吓得全身崩溃。罗姆没想到情况会这么严重，急忙去扶他。这时，好像从亨利身上发出一股巨大的力量，使罗姆也失去了控制，两个人像死一般地一起倒了下去。

董事长听说两个明星出事，急忙偕贝得娄赶到现场，他们正想把尸体运回实验室，警官和记者们也赶到了现场。贝得娄赶紧给两具尸体各打一针，奇迹出现了，罗姆重新活了过来，而亨利因将能量输给了罗姆而无法救活。这时爱丽莎发疯般挤进人群，她在几小时前出现了异常感觉。后来有人告诉她，制造亨利时所用的基因，就是从她母亲身上取得的，因而亨利和她能息息相通。她见自己发作，知道亨利出事，就赶快来到训练基地。

董事长见罗姆活过来，还想收买他，罗姆和爱丽莎扔掉了他递过来的支票和合同。这时全市运动员赶来支援罗姆，罗姆提议为亨利举行隆重葬礼。

《科学文艺》，1981年第2期

引月人

怀川　钟山

国际空间技术学会的盛大年会即将开幕了，各国的专家学者们云集E国首都顿里市的阿波罗宫。然而，中国代表团却迟迟没有到会。正当学会的秘书长吉尔斯教授和代表们焦灼万分的时候，突然收到学会的副理事长、中国教授施尤生逝世的噩耗，会议日程只得向后推迟。

年近100岁的施尤生教授，是一名闻名全球的空间技术大师。他曾设计成功飞往外星系的“普罗米修斯号”宇宙飞船。不久前，施教授还指挥了“05工程”，给火星挂上了第三个“月亮”——从天外引来的小行星。

正当吉尔斯教授和代表们痛悼施尤生教授之时，中国代表团飞抵了。令人大吃一惊的是，团长竟是一位妙龄女郎——施尤生的孙女施玉娟，而她曾是一个因车祸而丧失记忆的白痴。现在，施玉娟不但举止言谈和施尤生相似，而且继承了施尤生教授的全部知识。原来，这是中国著名的女生物化学家白梦斐教授和她的助手们，从事记忆移植研究半个多世纪的成果。

在会议期间，施玉娟作了精彩的报告，赢得了全场雷鸣般的掌声。会议通过了由施玉娟担任理事长的职务。但是，C国的间谍分子却进行了种种破坏。在施玉娟教授的指挥下，C国间谍分子的阴谋相继破产了。

这时，吉尔斯教授因心力衰竭病倒了。望着这位即将死亡的著名科学家，施玉娟心如刀绞。她请白梦斐教授为吉尔斯教授移植大脑记忆物质，接受者是吉尔斯的外孙——一个年满18周岁的白痴萨尔斯。

在萨尔斯的配合下，施玉娟以惊人的大智大勇，战胜各种困难，一举完成了施尤生教授生前未来得及完成的大业，俘获了一颗含金50%的小行星，使天空出现了第二轮皎月——“后羿号”；紧接着，又从天外引来了众多的“月亮”，彻底解除了地球土的资源危机，使人类在开发天体资源、进军宇宙的征途上迈进了一步。

《科学周报》增刊：《科幻小说》，

1981年7月3日～11月11日

戈壁碟影

（长篇科幻小说）

黄人俊

海拔3000米的川西高原，奇迹般地矗立起无数巨大的天线。这是由天体物理研究所所长、地外生命问题专家何正明教授设计的空间探测基地。基地主任蔡明城是著名的电子仪器工程师，又是天文学家。

一天，值班工程师报告发现来自波江座1420兆赫的射电信号，当接收方向调节到波江座 ε 星时，信号明显地变得清晰了。以后神秘呼叫又出现了好几次，但始终无法译出它的含意。

半年后，何正明和钟山天文台副台长陈志观察钟山137号彗星时，在海王星附近发现一个暗淡光点，分析它的飞行参数，它的飞行目标不是火星就是地球，同时他们还发现一个逐渐增强的中微子射线源。陈志断定这是地外生命的神秘飞船，何教授想到波江座 ε 星的神秘信号可能是一种先兆，宇宙人也许真的来了。这时蔡明城来电，说发现火星上神秘射电信号源，要何正明速去。

何正明和陈志到了川西基地，看到这次信号与波江座 ε 星讯号不同，简单而有规律，但任何计算机都认为它没有意义。回来后，何正明正在反复地研究着那份离奇的脉冲信号，他的女儿何岚闯了进来，她看到脉冲信号，说像是一首圆舞曲。何正明受到启发，将信号放进电声鉴频转换器，宽频带扬声器立即响起了一阵低沉古怪的乐曲，深受音乐熏陶的何岚，听出这是她妈妈在世时弹过的西藏萨伽人古老的祭祀曲。

这使何正明想起了两年前的一段往事。何岚参加地质勘探队在西藏萨伽河谷勘探中受伤，何正明赶到西藏，他和勘探队长张天林根据藏民的传说，在寻找古刹扎布寺的珍宝“珠郎金达”时，看到了古发射台，还发现了“珠郎金达”的模型，鉴定的结果，认为这是理想的飞行器模型。

陈志进来打断了何教授的回忆，他报告火星三号卫星发回的照片说明，火星X-112地区有一巨大飞船起飞；一架飞机在南沙群岛上空拍摄的UFO照片，简直就像改型的“珠郎金达”。显然，那些不速之客已来到地球，而且与1000多年前到达萨伽河谷的天外来客，可能是同一个星球来的。

这时张天林带着勘探队在塔克拉玛干沙漠考察，何岚驾小型直升机在考察时被UFO掠去。当她醒来时已在“珠郎金达”舱中，并被带往火星X-112地区巨大的地下基地。在这里她见到了波江座ε星人（他们自称凯塔人），学会了他们的语言，知道凯塔星行将衰亡，他们2000年来在宇宙间寻找着可以生存的星球。1000多年前他的飞船到达西藏萨伽河谷，但在进入太阳系时受到黑洞强烈的射线照射，三个宇航员都先后死去了。这次他们绕过了黑洞，才安全地来到太阳系。

蔡明城接到火星X-112地区用中国科学院的编码拍来的电报，要求派飞船前去对接。何教授他们坐“钟山号”大型飞船和火星飞来的“珠郎金达”型空间渡船对接，来到了“珠郎金达”，见到了女儿和凯塔人，他考察了凯塔人改造火星自然条件的试验，邀请凯塔人访问地球。

凯塔人访问地球受到热烈欢迎，他们在何教授等陪同下来到萨伽河谷，救活了千年前第一次来访的宇航员。一个月后，他们返回故土，准备再去改造火星，使凯塔人大规模地迁徙到火星生活。

《戈壁碟影》，江苏人民出版社，1981年1月

绿　雾

黄人俊

两年前的一个傍晚，考察队技师李丽乘坐的拖斗车驶上了并不凶险的老虎坡。就在这时，不知从哪儿拥来的一阵绿雾把公路笼罩得绿油油的。接着，车厢里也充塞着这种绿雾。紧接着，所有的东西都变得弯曲了。这时，李丽蒙眬地感到汽车驾驶室里，除她和司机以外，还有一些什么东西。蓦地，李丽感到有谁在问她：“你是谁？”马上，她感到有人在回答：“我们。”突然，李丽被一股巨大的力量猛地抛到一旁，便什么也不知道了……

李丽的父亲、著名的天体物理学教授李桐认为，关于地外生命或宇宙人的存在问题，历来有两种观点：一种是用地球上生命存在的条件和特定形态，如碳基生命来要求一切宇宙生物，这样一来，地球恐怕就是唯一的生命绿洲了；另一种观点则认为，生命可以以场的形式、能量的形式存在，这样的生命是没有躯壳的，或者说是一种无定形的理性人。他们实际上是一种能量生命的组合体，人们称之为集。

在老虎坡下蕴藏着一种惊人的超导金属。那些能量生命集偶然发现了这一点，他们立即采取行动，利用本身强大的空间电流使那种超导金属中，感生出一种同样强大的闭合涡流，从而在老虎坡上形成了一种短时间的超强磁场。于是，一部分能量生命集就从空中进入这个超强磁场区，他们降临了。他们根本不会知道，这样做不但不能实现和地球理性生物的联系，反而闯下了大祸。但是，他们进行了一次尝试，就是说和李丽进行了一次短暂而没有结果的思维传感，这种传感并不能在所有的人身上起作用。李丽是个例外，因为她是个有特异功能的人。

这也许是有史以来唯一的一次两种完全不同的生物之间的交往。结果不仅没有成功，强磁场还扰乱破坏了李丽脑细胞分子的电结构。随着那种能量生命集的被破坏，也就是说，在超强激光的作用下他们四处流散，她又奇迹般地恢复了。但是，其中有一段记忆信息已全部抹去。

《科学周报》增刊：《科幻小说》，1981年8月5日

较　量

黄人俊

熟睡中的斯塔克教授被隔壁实验室里传来的“咝咝”声惊醒了，那里有他和电子信息工程师琼尼博士快要试验成功的人工合成大脑。他打开了和实验室相通的那扇钢门，只见机器人助手比罗用高功率激光器，正在切割一只巨大的卵形玻璃容器。人工合成大脑的胚胎就在那容器里。

斯塔克大声斥责比罗，可是比罗却固执地说，他需要那个大脑。斯塔克绞尽脑汁，让比罗马上离开这里，可是这一切都毫无效果。斯塔克从未想到自己会在那个机器人手中弄到这般狼狈的田地。他苦苦思索着：制止那个该死的机器人的秘密口令是什么呢?琼尼曾经说过，可是他记不起来了。

比罗用手指按住激光发射器的按钮，向教授步步进逼。斯塔克笨拙地用中子枪还击。双方进行了一场力量悬殊的格斗。比罗把斯塔克逼到那扇钢门边，它打掉了教授手中的中子枪，说道；“教授，你现在总算明白了，是谁将战胜谁！”斯塔克以一种坚定的口吻道：“是我将战胜你！因为你是一名机器人。”

他的话音刚落地，实验室里便响起了一声轻微的爆鸣声，比罗的颈椎被一种无形的力量切断了，脑袋无力地低垂下来。紧接着，它的身躯砰的一声，僵硬地倒在地板上，再也爬不起来了……教授在无可奈何情况下说出的这句话，正好是琼尼博士给比罗设计的自我爆炸的语言指令。

《科学周报》增刊：《科幻小说》，1981年11月11日

神秘的事件

黄胜利

在佛罗伦斯海滩上发生41条巨鲸集体自杀之后，参加世界护鲸大会的各国代表，正在探讨防范鲸鱼集体自杀的措施。斯第雷克站起来说："佛罗伦斯仅仅死了41条鲸鱼全球都叫嚷起来了。可是，现在每年捕杀的鲸鱼多达四五万条，海洋污染又使许多海洋生物灭绝，巨鲸的自杀就跟海洋污染有关。"他认为本届主席菲克里森领导不力，应该立即撤换。菲里克森自己也赞成下台，最后，大会通过了这个决定。

不久，在加拿大纽芬兰地区的波林半岛的海滩上，又有100余条巨鲸集体自杀。斯第雷克与菲里克森在现场相遇，菲里克森拿出一本《海洋生物保护法》交给斯第雷克说："我已提名你当下届主席候选人，这样我就可以提交这个法案了，这是做主席所没有的权力。"就在他们交谈时，躲在岩石后面的一个头戴耳机的人，将手中的摄像机对准了他们，此人就是奥洛格。

在菲里克森回国的当天，奥洛格就来拜访他，劝他放弃这个法案，菲里克森拒绝了奥洛格的劝告。

午夜，在斯第雷克下榻的旅馆房间中，弥漫着乙醚，几个头戴

防毒面具的黑影把注射器刺入斯第雷克的手臂中。

第二天，菲里克森死于书房里，斯第雷克成了一个呆子流落街头，奥洛格却成了捕鲸公司的副总经理。

1997年夏天，世界上仅存的一条鲸鱼被一艘飞翔艇撞死了。这条死鲸被制成标本后，送入环球自然博物馆，与其他灭绝的动物陈列在一起。

《科幻海洋》第三辑，海洋出版社，1981年12月

心灵的感应

黄述桓

真是祸不单行，我爱人刚在一场事故中死去，唯一的儿子又发高烧昏迷不醒。我岳母说是她女儿的灵魂回来了，要我去找魏老头来收鬼魂。

我虽然不信鬼，但几天前大雨过后，我突然眼前金花四溅，晕过去半个钟头，见我爱人满脸血污向我走来。我感到可能出事，赶了一个通宵的路，第二天到她厂里。果然我爱人因行车出事故而死了，厂里给我的电报，因我已离家没有收到。想到这里，我便听岳母的话，来到魏老头家里。

魏老头是本地秀才的儿子，十几岁外出读书，后来在北京一个科研单位工作，从此没回来过。1968年他受批判后被送回乡下。据说，他专门研究召唤死人的灵魂，预报远方亲人的厄难。因此，他带回来那些瓶瓶罐罐都被砸光了，他写的《生物场及其感应》的论文底稿也被扔进了污水沟。我因为来求他，只得以恭敬的态度叫他老师，并表示相信他的学问。魏老头听我说我爱人显灵，详细地打听了当时的气候和我的心情等状况，并问了我婚姻的情况。

魏老头高兴地侃侃而谈，说我见到我爱人显灵，可以用科学来说明，这就是生物场的感应。他还介绍了生物场感应的应用前景，如可用仿生手段获取植物本身发出的信息，用辐射来影响其生长，获得高产；可以用它治病、探矿；可以用它将人的大脑的一切思维活动，以及产生新的思想的全部过程的图像显示出来，从而创造出具有思维能力的机器人，等等。我对这些听不进去，只求他帮我去求求我的爱人，叫她不要缠着孩子。魏老头生气地把我训了一顿，说他讲的是科学，他决不能容忍用迷信思想来玷污科学。然后他向我要了我爱人的遗物——一条手巾。

魏老头说，这手巾上面有她的生物场留下的信息。他从屋里拉出一副有电线的铜环，套在我的手腕上，说是测量我的生物场能量。然后再通过计算加以调整，再造成适当的湿度、温度环境，光电显现仪就可以把我爱人的形象从我大脑中激发出来。他警告我，我将要看到我的爱人，那仅仅是储存在我大脑中的图像，是一种主观精神现象，而不是她显灵。过了许久，他要我到里屋去见我爱人。

我进去后，只见里面泛着浅蓝色光线，我感到有点恍惚，忽然瞥见我爱人坐在桌前，用火热的目光望着我……我不顾人“鬼”之别，请求她回家去，她只含笑不语。忽然她竟变得血肉模糊，就像出事那天我看见的一样。我想起魏老头的话，这只是我脑中储存的图像，为了证实这点，我回忆起当初向她表示爱情时的情景，果然她又像少女般羞涩地出现在我的面前。

临别时，魏老头对我说，你是个具有特异功能的人，有很强的生物场，你爱人可能也是这样，你们可以互相感应，看到对方的影像，可惜她已不在了。

《科学文艺》，1981年第3期

尸　变

嵇　鸿

赵林从古尸身上取样后，回到实验室，一直在电子显微镜前紧张地工作着。当感到极度疲惫的时候，他就走到窗前，让清风使自己头脑清醒一下。忽然，他发现有一个黑影沿着花园的水泥小道向他的实验室走来。“谁?”天际突然一亮，在闪电中，赵林看清了来人的面容：正是那具躺在展览大厅中的女尸。过后不久，这具女尸晃了几下就倒了下来。

原来，那晚一道闪电，使控制室内气温的制冷机的一个零件失灵了。室内温度突然上升，然而玻璃箱内控制温度的制冷机却仍在正常工作，这样造成箱内外温差悬殊，玻璃箱顷刻破裂，热气渗入玻璃箱内，别的尸体并没有什么变化，唯独那具女尸是一具因患癌症处于休眠状态的“冻尸”，温度逐步升高后，她便复苏了。同时，强烈的雷电使她体内的生物电流发生感应而渐渐强烈，先是肌肉牵动，然后是伸腿转侧，支撑着从破碎的玻璃箱里爬了出来，走出了展览厅，踏上了花园水泥小道，走了短短一段路程，体内的生物电逐渐减弱，因此她又倒下了。

赵林赶紧唤醒已经入睡的钱英，一起将女尸抬进室内。在气温适宜的室内，女尸又睁开了眼睛。使赵林感到高兴的是，复苏人的癌症已经治愈，健康有了起色，只是显得十分衰老。赵林想再进行一次实验，使她能回复到青年时代，可惜，他要去参加一次重要的学术会议，只能托钱英照管。

当赵林开完会回到实验室时，迎面看见自己的助手钱英，赶紧同她打招呼，可是她却两眼直盯着赵林，不说话。这时开门又进来一个钱英。“怎么回事？”赵林惶恐地说。原来，这是钱英将人工合成的T淋巴细胞注入复苏人的血液中出现的奇迹。T淋巴细胞能使人从衰老回复到年轻。由于两人的面貌酷似，致使赵林将复苏人错当钱英了。

这时，赵林想起了《聊斋志异》里的《尸变》，现在从女尸变成一个年轻姑娘，这不也是尸变吗？

《科幻海洋》第三辑，海洋出版社，1981年12月

囚室魅影

嵇　鸿　　杨忠椿

宝大祥珠宝古玩商店深夜被窃了。组织上决定让刻苦钻研科学技术的张英和王麟一起办这个案子。

一两天后，万宝楼珠宝古玩商店新到了一批珍贵珠宝。在珍贵文物柜前，一位中年妇女突然高叫：“我的五克拉重的钻戒不见了！”王麟用袖珍X光分层扫描器扫遍了柜前所有的人，可是，荧光屏显示的结果，没有一个人身上或身体内部藏有这个钻戒，包括失窃者在内。

就在钻戒失窃的同时，在另一个珠宝柜前，一个穿方格花呢衣服的中年男子，正在用一只外形像自来水笔的激光发射器熔化珍宝柜的厚玻璃，妄图盗窃一对价值连城的金银猫眼。张英逮捕了他。

这个罪犯叫林三友，张英在他的身上搜出了一只手表，一只微型激光发射器和一沓钞票。

借助于X光反射器，张英发现，那只五克拉重的钻戒被一块黏胶紧贴在古文物柜的柜底。显然，罪犯使用的是调虎离山计。经检查，张英发现缴获的那只手表的底层是一只无线电对话器。为了将

计就计，张英在里面加了一只米粒大小的窃听器；然后，便将那只手表连同钞票一起还给了林三友。

昏黄的灯光弥散在单人囚室里。林三友躲在被窝里，用“手表”与盗窃集团联系，妄图劫狱。这时，在办公室里，张英和王麟已经把林三友和对方的对话都收听到了。

次日深夜，林三友的同伙来到了单人囚室前。只见在昏黄的灯光里，似乎有一团雾气，林三友正在室内来回踱步。一个高个儿启动激光发射器，将窗上的五根粗铁柱熔断：然后纵身蹿入室内，拦腰去抱林三友。不料，林三友竟如一团轻烟，旁若无人地又转到高个儿背后。“林三友被处死了!这是他的幽灵、魅影。”劫狱犯这样想着。正当他们打算逃跑的时候，王麟布置的武装人员已经从四面包围过来，盗窃犯终于全部被擒。经审讯，他们交代了盗窃宝大祥的经过。

这时，张英告诉王麟：“囚室出现的魅影，是我用两架摄像机摄下的林三友在室内踱步的动作，然后在劫狱的当夜在室内空间中放映的。真正的林三友早已被囚禁到别处去了。一种类似于冰的物质，会在室内产生雾气，摄像机放映的影像凝聚在这层雾气上，于是活动的影像就出现了……”

《科学周报》增刊：《科幻小说》，1981年9月25日

鱼鳍之谜

嵇　鸿　　许祖馨

在渔轮“神州号”的指挥台上，年轻的船长郑达站在环形荧光屏前，凝神注视着水下工作的图像。鱼群呼呼地往吸筒里钻。只要再过半小时，“吃饱”了的渔船就可以返航了。

就在这时，船身突然晃动起来，海面掀起七八尺高的巨浪，渔船顿时像失去了控制一样，在巨浪中颠簸倾侧。郑达从荧光屏上看到渔船下面有一个身长十几米、长颈扁体的怪物。他还没来得及发布命令，就听得一声巨响，那怪物已经蹿上甲板。经过一场激烈的搏斗，那怪物又窜回大海，但船上却留下了一块血淋淋的鱼鳍。郑达仔细端详这块既不像鱼的又不像鲸的鳍，感到非常奇怪。

渔船回港后，郑达带着这块奇怪的鱼鳍，来到坐落在风景秀丽的碧萝湖畔的中国科学院珍禽异兽生态研究所。但是光凭这块鱼鳍仍然无法确定这到底是什么动物。

春天到了，郑达又来到了碧萝湖畔的研究所。正当郑达迷恋于湖畔美景时，湖水突然动荡起来，一个怪物蹿上水面，啊!这不就是去年在海上遇见的那个庞然大物吗?郑达感到非常奇怪。

郑达怀着不可思议的心情找到了所长老李，没等他开口，老李就立即打开湖底摄像机。老李一边看电视，一边讲解着：这是一条蛇颈龙，它是生活在侏罗纪到白垩纪的凶猛动物……眼前这条蛇颈龙就是由郑达送来的那块鱼鳍用无性繁殖的方法培养出来的。现在，用这种方法培养动物的成活率已经达到了90%。听了老李的介绍，郑达深感现代科学的伟大。

《科学生活》，1981年第6期

发生在1983年……

江　波

子婴中学毕业后，考取了春江大学。她来到春江市，住在姐姐姜大梅家中。姐夫任雨怀出差去了。他是在前妻赵玉莲死去三年后和姜大梅结婚的。

子婴住在楼上厢房里。黎明时外面一片浓雾，子婴醒来倚在床头上，突然看见进来一个像是气体凝聚成的女人，接着又进来一个男子，把这个女人掐死了。子婴惊叫起来，姜大梅和她的公公任遵明闻声赶来，可他们什么也没有看见，都说是子婴的幻觉，而子婴坚持说看得很清楚。

子婴把这情况告诉贺教授，贺教授刚研制成“幻影探测器”，于是就带着探测器去子婴住的房间探测，果然出现了幻影，和子婴看到的过程一样。贺教授怀疑这儿发生过凶杀案，就去公安局报案。公安局侦察处处长李龙认为证据不足，不予立案。第二天，贺教授突然不省人事，生命垂危。他的妻子柳菲紧急电告在科学院开会的丁教授，丁教授赶来用气功测出贺教授是受到外来的γ射线迹象干扰，他发功把贺教授救活了。

γ射线发射器是S国的最新武器，公安局局长和丁教授都认为贺教授受的袭击，可能与幻影有关。

在这过程中，姜大梅不断地写信向丈夫报告发生的事情，任雨怀从外地赶回来，没几天却死在家里的阁楼上，公安局经过化验，证明他是死于定时性毒药。任遵明请丁教授到他家用特异功能探测，看有否可疑的迹象。丁教授和子婴在厨房发现了地下室，里面只有一只空保险箱。第二天，几名公安人员和贺教授等来到地下室，用“幻录像机”拍得了一高一矮两个幻影，高个子正是暴死的任雨怀。接着，公安局又抓到了想谋害丁教授的矮个子，他是S国间谍哈德宝。

案情终于查清。原来任雨怀前妻的父亲赵开石是老气功家，祖传一幅“天眼通神功图”。照图练功，可以出现“天眼通”——远距离遥感的特异功能。S国命令哈德宝窃取此宝图，哈德宝收买任雨怀用“催眠振荡器”害死赵开石，企图偷走“天眼通神功图”，此事被其妻赵玉莲发现，任就将她掐死。幻影出现后，任雨怀回家原想阻止幻影录像，哈德宝为了灭口将他毒死。

“天眼通神功图”终于抢救回来了，公安局将这千年宝图送给贺、丁两位教授，祝他们在打开生命奥秘的路上不断前进。

《花城》，1981年第1期

包拉提换脑记

姜付炬

包拉提原先是个乡村医生，他用两片酵母片骗得了两头肥羊，后来又用这两头肥羊换了个公社副主任，又苦熬了几十年，当上了自治州的副州长。遗憾的是他得了血管粥样硬化，随时有可能因脑血管破裂而死亡。州委指示唐巴尔医疗中心为他移植一个人工脑。

人工脑移植方案只用了十几分钟就制订出来了，可是在向人工脑输入信息问题上却卡了壳。电脑研究中心的艾比丁工程师提出了两套信息输入方案：一是理想型共产主义新人的整套信息；二是把包拉提大脑中有害人民和事业的信息全部过滤掉，加进一些有益的信息。由于包拉提的人品思想联系着某些人的切身利益，艾比丁的两个方案均遭到了他们的反对。包拉提自己也表示“我永远是包拉提，绝不是其他人”。后来由州委领导出面，决定尊重本人意愿，保留他原来的信息。

艾比丁在地下室里，冲着真空罩里放着的三具人工脑发牢骚。第一具是理想型人工脑，立即作出反应，它的还声器响了：“艾比丁请不要动怒，共产党人的天职就是要清除旧社会的痕迹。只有实现了共产主义，包拉提这样的人才会绝迹。”第二具是经过信息改造的人工脑也不甘寂寞：“我包拉提是个马屁精。我给书记们在阿拉善温泉盖了避暑别墅……现在反省起来，应当向中央纪律监察委员会自首……”第三具保留包拉提原始信息的人工脑，用州长的语调反驳第二具人工脑说：“你也叫包拉提，冒名顶替是诈骗，诬陷要反坐……”这时，电视电话来催我和艾比丁去给包拉提做手术。

手术非常成功，装上人工脑的包拉提和过去一模一样。可是，一个月后，他得了一种来去无踪、魔鬼附身一样的怪病。我和艾比丁通了个电话，原来他在人工脑中装了反馈网，来监察包拉提的行为。我劝艾比丁将它拆了。我们的通话被包拉提窃听了，艾比丁被捕了。我也被包拉提指责为艾比丁的同谋，被送去劳改牧场劳动。突然，当啷一声，包拉提倒在地上不动了。原来，艾比丁在人工脑中装了一个自毁装置，它会根据阿西莫夫机器人三定律行事。当人工脑危及主人——艾比丁安全时，立即自毁。自毁装置抹去了包拉提大脑里的全部信息，这个人在世界上已不复存在。要他复活，除非重新输入信息。

我和艾比丁又给包拉提做了第二次手术，移植了一个按第二个方案输入信息的人工脑。包拉提复活了，但我俩作为罪犯来到刑事法庭。检察官出示包拉提那具报废的人工脑，说：“这些非法装进去的集成块，就是谋杀的证物。”艾比丁反驳说：“它的最大功能就是保卫人民利益，维护党的声誉。”这时，包拉提来到法庭，对法庭说：“他俩无罪，受审判的应是我。”终于，法庭判处我俩无罪，立即释放。

我们走出了审判大厅，待包拉提的汽车远去，艾比丁问我：“这第二方案怎么样？”“但愿他成为今天的‘包青天’。”“我给它不仅加进了法学、科学管理学、党务学的精华信息，还特别设计了一个人民公仆所特有的品德和感情线路。可是，我担心他会因此而被免职。”“这次没装自毁装置吧？”我半开玩笑地问道。“不，还是装了。为了防止环境的影响和生理要求改变他的信息程序、染上恶习的可能，这样比较保险。不能让这个过分发达的大脑毁掉我们党，毁掉我们为之奋斗了一二百年的伟大事业。”

《新疆文学》，1981年3月号

飞出太阳系之前

焦国力

童坚教授发明了一种“绿光快子”晶体，只要用上一小块，就能使一艘巨大的飞船飞出太阳系。可是，正当人们在巨大的飞船——“绿光号”中装入“绿光快子”晶体时，童教授却失踪了。

童教授被人绑架到了一个叫“魔鬼头”的航天器里。一个叫边晓雨夫的男子正在威逼他交出“绿光快子”。这家伙就是30多年前S国的间谍肖洛诺夫。童教授拒绝了边晓雨夫提出的所有要求，边晓雨夫又使出一个诡计：派出两架未涂任何标记的航天飞机，像两只狡猾的狐狸，靠近了“绿星号”太空实验站。边晓雨夫正在得意时，他的航天员惊慌地报告说：“四面都出现警戒飞机。”随即两架航天飞机失去控制，向大气层坠落下去……

其实，他们看到的并不是真的警戒飞机，而是“绿星号”上一种最新的电子防御系统——信息波防御系统发出的几组信息波。这些信息波被他们接收后，就会呈现出这种令人心惊肉跳的景象。

真正的警戒飞机已飞到了航天器“魔鬼头”附近，“魔鬼头”的舱门打开了，警戒飞机上的队员们冲进里面，用激光枪对准边晓雨夫，救出了童教授。

不久，“绿光号”飞船喷出橙红色的火焰飞向天空。

《科学与人》，1981年第1期

紧急起飞

焦国力

“YF-T空中营救船”的设计者贝宁，在接到他的实验基地遭到严重破坏的消息后，马上驾车去找他的女友康琼。一路上，他冷静地分析着目前的情况。他想会不会是康雷恩干的?康雷恩是康琼的父亲，一个手段狠毒的暴发户。

实验基地遭到破坏的消息同样使康雷恩感到震惊。他的仆人从门外给他带来一个陌生人——C国大使馆的三等秘书斯格维奇先生。斯格维奇告诉康雷恩，贝宁和他女儿康琼准备一起逃到中国去。要不是他们使YF-T变成一堆废铁，两人早就跑了。斯格维奇愿意出高价收买YF-T的图纸、有关资料和那架停在起降场上的YF-T。斯格维奇说完后，交给康雷恩一张空白支票。

贝宁在设计室找到康琼，一起驾车来到实验基地。汽车停在YF-T的前面，贝宁与康琼一起登上YF-T的动力舱。这时，有两个彪形大汉也跟着一起进入了YF-T的动力舱。

半小时后，贝宁叫康琼去试一下发动机。康琼心中明白贝宁的意思，马上疾步走出动力舱，直奔指挥舱，一个大汉也跟着她出去。

一会儿，一股焦煳味从外面飘进动力舱，贝宁对大汉说：“线路烧坏了，我去看看。”他刚刚跨出动力舱门槛，动力舱大门便自动关上了，那个大汉被紧紧地关在里面。贝宁迅速地来到指挥舱，把另一个大汉打昏。他急切地对康琼说：“起动H系统。”YF-T飞快地离开了起降场，站在YF-T外面的康雷恩惊呆了。这时，斯格维奇来电话告诉他，他们已派无人驾驶飞机去袭击YF-T。

YF-T的外形像一只飞碟，四周喷射着火光。贝宁从红外观测镜中发现有两架飞机向他们飞来。贝宁沉着地驾驶YF-T躲过了无人驾驶飞机，然后从上面向它们逼近，YF-T的“肚皮”底下伸出了许多机械手，将两架无人驾驶飞机抓住，就像是老鹰抓住两只小鸡一样。贝宁和康琼两人发出了会心的微笑。

《科学天地》，1981年第5期

幻影商店

焦国力

莫洛亚是个大名鼎鼎的资本家。有一天，他的太太百无聊赖地坐在沙发里，随手拿起一张报纸，漫不经心地看着。突然，一则广告吸引了她：

“幻影商店货物齐全，欢迎您光临！”

莫洛亚太太来到了幻影商店。这里的商品真是琳琅满目、五光十色，可是对莫洛亚太太来说，这里的商品实在太微不足道了。因为她的父亲哈里曼是世界上最著名的帝国超级市场的总经理。

在商店中央货架的上方有几个夺目的大字“青春商品”吸引了她的目光。她快步走了过去，向一个女营业员大声地说：“我要买青春!”

“啊，青春，这是我们幻影商店特有的商品。太太，我们这里有世界上最完备的青春档案资料，不知您要买谁的青春?是您丈夫的？孩子的?还是父母大人的？”营业员问她。

“要我的青春！”莫洛亚太太大声喊着。

女营业员揿动电钮，货架上的一幅彩色屏幕上映出了青春的年龄分组：

第一组 15~18岁

第二组 19~21岁

第三组 22~24岁

第四组 25~28岁

莫洛亚太太看了一眼说：“我要第三组!”于是，女营业员递给她一个长方的镜状物说：“这是青春幻象仪。”莫洛亚太太接过青春幻象仪，往里一看，是一个身材苗条、美貌年轻的莫洛亚太太。她喜形于色地说：“啊，上帝！实在是太好了。”她明白这玩意儿不过是对自己的一种安慰，可是她毕竟看到了自己貌美的青年时代。

莫洛亚太太经过一番犹豫，终于花了五万元买下了它。可是当她走出幻影商店，回头一看，商店已经无影无踪了。只看到旁边有一台装着天线的机器——电子幻象器，这是她父亲的哈里曼公司的产品。她顿时像歇斯底里发作一样，大喊大叫：“啊！这个骗钱的老东西，原来就是我的父亲！”

《科学与人》，1981年第4期

圣诞之劫

焦克明　　钟贵友

在意大利那不勒斯港爆炸了一颗50万吨级的原子弹。这一消息使黑格将军毫不犹豫地拿起电话，宣布进入战争状态。后来，上级发出命令："解除战争状态，加强常规戒备。"

经过这场虚惊的人们，怀着莫大的好奇心互相询问："发生了什么事啊?"记者从有关方面得到的回答只是"无可奉告"。

中尉警官杜卡调查到那不勒斯港有两艘船至今下落不明。一艘是1200吨小货轮海豚号，另一艘是500吨的游艇探索号。探索号是一艘核动力游艇，船主是一个英国人，叫亨利，他是一个海洋化学家。负责这次调查的盖非尔中校已从亨利的女儿威尔逊太太那里了解到，这是一艘能提取海水中的铀和黄金的船。它每天可从海水中提取黄金81.36克，铀61.2克。亨利在产金和产铀的装置中都安装了爆破装置。

经过调查，终于真相大白：探索号停泊在那不勒斯港时，一批工业间谍化装成海关人员上游艇检查，他们把艇主和水手都囚禁起来，然后来到提炼铀的船舱里，动手拆卸提炼装置，于是就发生了这次爆炸。

《科学文艺》，1981年第6期

大亨航宇记

金　马

宇航工业大亨亨利恍惚觉得自己乘上了光子飞船飞向X星座……

光子飞船很快降落在一个水晶似的星球上，上面有一座空间发电厂。亨利为了独霸这座发电厂，阻止驾驶员罗克与地球上通话，并要他听从指挥。

在亨利的指挥下，光子飞船向着空间新大陆飞去。眼看离新大陆越来越近了，亨利心想，这个新发现不能让罗克分享。于是，他向总驾驶舱走去，按下了抛射按钮，把罗克的驾驶舱弹射到宇宙空间去。

亨利驾驶的光子飞船降落在新大陆的一块宽阔的广场上。亨利住进了一座全部用透明材料建筑的别墅。当他走进这座别墅的大门，大门就自动关上了。原来，这里是X星座大同国星球宇宙珍禽异兽动物园。亨利被关进了动物园，气得七窍生烟。他渴望有一天能离开这里。

这一天终于来到了。他被告知十大星球的代表将在广场上为他举行一次欢送仪式。使他感到意外的是主持会议的竟是驾驶员罗克。原来，罗克被亨利抛射出去后，X星球上的智能人把他救了回来。罗克郑重地对亨利说："当今地球上也已消灭了剥削，你这次回去，是作为一个珍贵的宇宙动物的活标本，让当代人看看你如何亵渎了神圣的宇航事业……"亨利被押进了光子飞船，抛向了宇宙空间……

"我抗议……"正在电视前收看股票行情的妻子玛莉推醒他，问他："你在瞎叫什么？"这时亨利才从惊梦中清醒过来。

《科学之友》，1981年第4期

沼地上的木屋

金　涛

江城西郊自然保护区的管理员赵忠凯，就住在沼地的木屋里。他早年在加拿大蒙特利尔理工学院求学时，曾致力于人工智能的研究。赵忠凯在临终前，给唯一的亲人——在蒙特利尔的圣路易大学生物系任教的女儿赵榕拍了一份电报。赵榕接到电报，急忙赶来看望父亲。最后的时刻来到了，赵忠凯把机器人汤姆叫到身边，告诉他："从现在起，你的主人已经是我的女儿赵榕了。"突然，赵忠凯抓住女儿的手："记住，孩子，一切都在汤姆那儿……"

父亲去世以后，赵榕由于悲伤过度，终于病倒了。她住进了市立医院的特护病房。汤姆听从她的指令，仍然留在沼地看守那座空荡荡的木屋。汤姆到医院来看望的时候，告诉她："自称是你父亲老朋友的黄子奇到木屋来找你。你父亲的意识告诉我，此人不是什么好东西。"接着，他走近赵榕，说道："我的使用期限是12个地球年。现在，我已度过了11个地球年零11个月12天。快点回到沼地的木屋里去，我要把你父亲的研究成果给你留下来。"

赵榕匆匆忙忙和汤姆赶回沼地，争分夺秒地抢救父亲的遗产。经过20个白天黑夜，赵榕终于把父亲的科研成果全部整理出来了。这时，汤姆又把赵榕带到储藏室下面一座十分隐蔽的石灰岩溶洞里，这里就是父亲的秘密工作室。父亲穷毕生的精力发明的"历史面貌复原机"，就安放在这洞穴中。汤姆告诉她："当你要了解某个事物的过去历史时，只要把机器连接在计算机网络上，把当前世界各地电脑储存的信息输入进去，然后开启'历史面貌复原机'的顺序控制器，这样在荧光屏上就会出现所要了解的历史信息……"

然而，当赵榕第一次试验“历史面貌复原机”时，突然发现黄子奇已悄悄潜入洞穴。汤姆大喝一声，朝黄子奇扑去。黄子奇见势不妙，拔腿夺路而逃。逃到外屋后，他发现了赵榕整理的资料便偷走了。汤姆拿着磁力手枪朝沼地追去，用磁力手枪发出的强大电磁波，将黄子奇击倒在地。

赵榕想起汤姆曾说过，这种磁力手枪可以在最短的时间内，使人的大脑电场发生混乱，使之处于死亡的临界状态，但并不会使人致命。她准备和汤姆把黄子奇抬回木屋。这时，公安人员来到了现场……

公安人员了解了事实真相后，审讯了黄子奇。原来，他是个臭名昭著的国际间谍，专门刺探各国电子技术的最新情报。

《月光岛》，地质出版社，1981年3月

除夕之夜

金　涛

除夕之夜，一直忙于破案的罗新民终于抽空回到了家乡梨树镇。在这以前的一个星期之内，镇上有四个患有先天痴呆症的孩子失踪了，周镇长的儿子周国宝就是其中的一个。罗新民跟踪追击来到了著名遗传学家卢国豪教授的家里。

卢教授陪他去看三个失踪的孩子。隔着玻璃门，他看见了一间很宽敞的房子，里面并排放着四把金属椅子，其中三把椅子稍稍倾斜，上面各自半躺着一个熟睡的孩子，他们的脑袋上戴着一顶如同宇航帽似的金属盔，上面布满密密麻麻的导线。

“我要把这三个可怜的傻孩子变成和所有的孩子一样聪明、善良，使他们的头脑像正常人一样健全、发达。”卢国豪往沙发背一靠，谈了起来：“患痴呆症的人，大脑功能发育不全，智力很低，丧失了生活自理能力，严重的甚至危害社会的治安。根据遗传学的研究，先天性愚型的染色体畸变，最常见的是在他们的47条染色体中，G组21对染色体有三条染色体。这条额外的染色体和其他两条染色体一样，具有相同的遗传物质，因而破坏了遗传物质间的平衡，引起先天性愚型的一系列体征……”

“那么，这几个小傻子你是用什么方式找来的？”罗新民向教授请教。卢国豪风趣地答道：“他们都是自动找上门的。”卢教授摘下腕上的手表，递给罗新民，说：“这不是手表，而是一件精密的脑电波接收仪。每个人的大脑无时无刻不在发射脑电波，但是白痴和正常人不同，他们的脑电波的频率、波形、强度都是很特殊的。我应用这件仪器，不仅可以很容易地识别白痴，而且利用相应的调试手段，可以使他们乖乖地服从我的指令，让他们尾随在我的后面自动进入我的治疗室。”

卢教授笑了笑，继续说道："我对白痴的治疗，除了采用遗传工程的手段，还配合磁性治疗。你不是看见他们头上戴了头盔，上面有许多金属导线吗？我的治疗室实际上是一个强大的人造磁场，这种磁场将使他们大脑的生物电流产生感应，从而不断调整它的频率，使他们的大脑恢复到和正常人一样。"

"至于周国宝，经过几天治疗，情况的确大有好转，但是在他的大脑里，从小灌输的种种恶习却保留了下来。我发现如果把他变成一种聪明人，那就等于给社会制造一个恶棍、一个罪犯。于是，我向周镇长挂了电话，我不能继续给他治疗了。"

这时，三个长得很英俊、很体面的男孩，也就是那三个小傻子，进来向卢教授拜年来了。卢教授激动地把孩子们搂在怀里。

"卢教授，我祝贺你！"罗新民上前握住了老教授的手。

《科幻海洋》第一辑，海洋出版社，1981年4月

暴风雪的奇遇

金　涛

深夜两点多，列车遇到一场罕见的暴风雪。列车长通知全体旅客，立即下车转移到两公里外的S镇去。

在晨光中我们到达S镇，列车长和当地政府的代表磋商后，把旅客们疏散到当地居民家里休息，打呼噜的旅客（我也是一个）被分配到S镇的老俱乐部休息。

不知道睡了多久，我被饿醒了，一看表上的日历，已经是第七天的下午了。礼堂里的人仍旧睡得死死的，那有节奏的呼噜声像是鼓风机发出的吼声，整个礼堂的地板、墙壁和天花板都在震动着。我这时才注意到，礼堂的内部结构非常特殊，四壁和天花板镶嵌着

一排排像手风琴音箱一样的装置，可以任意伸缩，现在它们正随着呼噜声在伸缩着。

我走出礼堂，凭着记忆朝铁路方向走去，在一个废弃多年的石油矿区前面的小屋里，遇到了著名的罗昭伦博士，就是他最早提出了保护自然资源和节约能源的理论。我向他打听S镇上的人到哪儿去了，他说他们都在家里关门睡觉，起码要睡到明年春暖花开的时候。并向我说明，S镇原是一个环境优美、资源丰富的好地方，周围是原始森林，还是个旅游胜地。可是这儿的居民贪得无厌，把森林砍光去卖钱，又把蕴藏的石油采尽，只半个世纪，虽然他们在银行里都有一笔可观的钱，可是他们的土地变成了荒漠，河流干涸，空气污浊，不堪居住。10万人能走的都走了，只剩下百十户人家，靠救济度日。罗博士就是被派到这儿来帮助他们解决能源问题的。

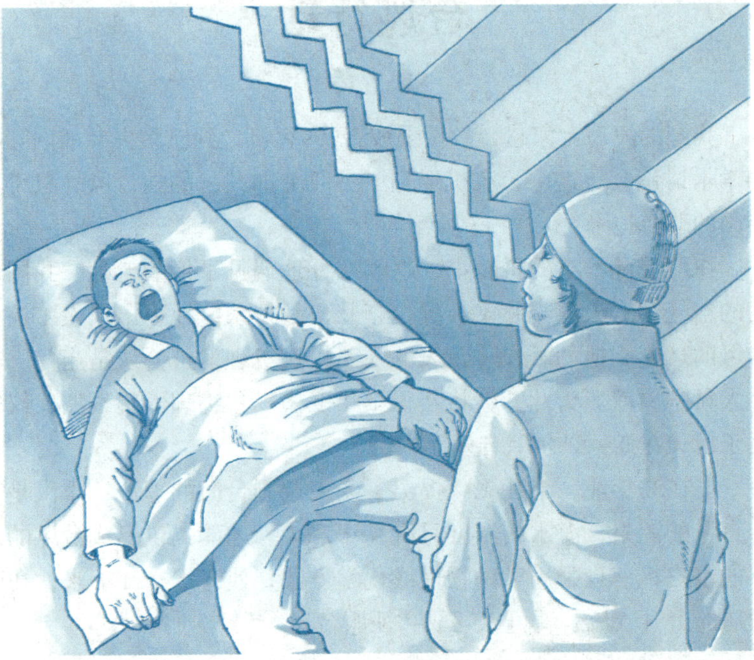

罗博士说，这些过惯富贵生活的人，一旦落魄就无法养活自己。所以他只好采用新的办法，让他们睡在安装了声波发电机组的房间里，使他们一边睡觉，一边为自己生产维持生活的电能。

我表示不能理解，罗博士哈哈大笑，告诉我我所睡的礼堂墙壁和天花板上装的音箱一样的装置，就是声波发电机，我和爱打呼噜的旅客们，已为S镇的居民生产了足够维持三个月的电能。

当天晚上我终于离开了令人窒息的S镇。但我老担心着，S镇的居民会不会把老博士给他们安装的声波发电机组倒卖掉，因为那一套设备也值不少钱哩！

《科幻海洋》第二辑，海洋出版社，1981年8月

台风行动

金　涛

我国的海岛专家赵鹏教授乘波音999客机，到巴黎去参加国际岛屿学术讨论会。途中，客机遇到了一股突如其来的强台风，只得在泰国的普吉迫降。

在那混乱不堪的机舱里，赵鹏意外地遇见了他的老师、我国著名的空气动力学家李壮飞教授。李壮飞教授系统地提出了人工控制台风的理论，他的著作《台风的人工控制机理》被公认是当代一项重大科学成就。为此，他将获得本年度诺贝尔物理学奖，授奖仪式将于后天在斯德哥尔摩音乐厅举行。

早在30年前，李壮飞就提出了人工控制台风的理论：水汽是产生台风的源泉，海水的温度只有高于26℃，才能提供形成台风的足够的水汽；一旦采用某种物理或化学方法，使海水冷却下来，切断台风的上升气流，就可以驾驭和征服台风。

可是，一个庞大的国际间谍组织，却把李壮飞研究的人工控制台风变成了人工制造台风。他们在海上建造了幽灵岛——一座以核动力为能源的台风发生装置，它的中心部位是一块块特种钢翼片组成的海水增温器，凭借它每秒5000转的高速运转，使海水迅速增温，产生巨大的热量，从而形成人造台风。这次在泰国西海岸的强台风，就是他们一手制造出来的。他们之所以采取台风行动，迫使波音999在普吉机场降落，是为了阻止李壮飞公布他的成果，否则，幽灵岛——他们海军最强大的战略武器，将变成一堆废铁。

在普吉机场的候机厅里，李壮飞教授被间谍组织绑架了。赵鹏和普吉警察局的值班警官历尽艰难，才找到囚禁李壮飞的密室。可是，此时李壮飞已不翼而飞了。赵鹏等人发现了李壮飞留下的一封信："我决心去摧毁罪恶的幽灵岛。幽灵岛的人工制造台风装置，是根据我的理论设计的，现在只有用我的手去扼杀我自己孕育的怪胎了。"赵鹏等人飞快地向普吉海滩跑去，就在这一刹那间，一声霹雳，幽灵岛爆炸了。

为了揭露灭绝人性的台风行动，李壮飞在飞往斯德哥尔摩之前举行了记者招待会。在会上，李壮飞教授说："我在密室里发现了烈性定时炸弹，还发现在秘密的储藏室里藏着可以折叠的摩托艇。我把定时炸弹放在小艇的船首，便驾着摩托艇向幽灵岛冲去。与幽灵岛愈来愈接近时，岛上的电子识别仪发现了我，于是一股很猛的反冲力把我从小艇中弹了出来，那艘摩托艇却像脱缰的野马直奔幽灵岛而去……"

《台风行动》，天津科技出版社，1981年8月

田野上的笛声

金　涛

暑假期间，马小哈来到了乡下姥姥家。有天夜里，马小哈被院子里叽叽咕咕的说话声惊醒了。只听得花果山上看园子的花公公的女儿兰花姑姑，激动地告诉舅舅："已经收到信息了！"舅舅顾不上多问，便和兰花姑姑一起向花果山走去。马小哈悄悄地尾随在他们后面。可惜窸窸窣窣的声音使马小哈暴露了目标。因为怕舅舅把他打发回去，马小哈马上保证服从命令听指挥。

他们三人走进了花公公的房间。马小哈看到舅舅从城里买回来的那台仪器放在靠墙的大桌子上，看上去酷似一台大电视机，正面有三个荧光屏，旁边还连接着许多叫不出名字的仪表和五颜六色的小灯泡。兰花姑姑告诉他，这是植物语言翻译机，并把一副耳机戴到他的头上。"你坐下来，仔细听听，把你听到的声音告诉我们。"舅舅严肃地说。

这时，植物语言翻译机的三个荧光屏闪动着光点，渐渐地出现了清晰的影像。马小哈一看，原来是花果山上的一片松林。突然，耳机里隐隐约约传来轻微的响声，它既不像风声和雨声，也不像海浪拍岸的波涛声，它像是病人的痛苦呻吟，声音悲切，令人伤感。马小哈听了也不由得难过起来："大松树哭了，哭得挺伤心。"

舅舅决定再试试别的波段，叫小哈把耳机再戴上。兰花姑姑连忙揿了揿按钮，荧光屏上出现了新的影像：一片枝叶繁茂的桃树，在朦胧的月色中隐约可见。这一回马小哈笑嘻嘻地告诉兰花姑姑："它们说，好凉快哟，真舒服极了……"兰花姑姑抑制住内心的激动，把旋钮拧到另一个角度。当荧光屏上出现运河岸边一片绿油油的稻田时，马小哈突然轻声地说："它们在睡觉，睡得可香哩！"

舅舅和兰花姑姑从植物语言翻译机的孔眼里取出一大卷纸带，那上面记录了收录的信息。然后放进一台微型计算机进行处理，检验结果证明，马小哈刚才听到的信息完全可靠。这时候，马小哈走到花公公身边，向他提出了自己的疑问。

花公公稍停片刻后，对马小哈说道："植物也有自己的特殊语言，只不过我们过去不懂它们的语言罢了。它们的语言是一种特殊的信息，我们的耳朵是接收不到的，必须用一种灵敏的电子仪器才能听到，并且必须通过那台专门翻译植物语言的机器才能听懂。"马小哈听了，心里顿时豁亮了，他说："如果懂得了植物的语言，它们饿了，我们马上给它们施肥；它们渴了，马上浇水；它们长了虫子，我们马上喷药灭虫。"

马小哈觉得这个暑假过得太有意思了。他决定把这些见闻告诉小伙伴们。

《少年科学》，1981年8月号

地衣之王

金　涛

有一天，马小哈正好轮到做值日，错过了一场足球赛，他感到十分惋惜，在回家路上，把小足球往前一扔，在人行道上踢了起来。当踢到一条不太宽的小胡同时，马小哈狠狠地飞起一脚，来了个漂亮的射门动作……“哎哟！”马小哈突然听见从黑暗处传来一声叫声。他立即跑进胡同，只见地上蹲着个头发花白、上了岁数的老人，在他的脚前，有一堆玻璃碴子，地上流着一摊金黄色的液体……

老人抬头一看，不禁又气又恼，连声责怪他。马小哈知道自己闯了祸。可是心里想着：“这有啥了不起。”眼睛却直勾勾地盯着那个老人，因为他发现小足球还躺在老人脚下，而且球面湿了一大块，沾满了金黄色的液体……

老人气呼呼地说：“对不起，这个球暂时还不能给你……”马小哈没等老人说完，一个箭步冲到老人面前，劈手从对方手里夺回了他的足球，扭头就跑。

马小哈一进家门，顺手把足球扔进房里，小足球在水泥地上打了几个滚，跳起来和墙壁、天花板碰了一下，留下一团黑黑的印子，然后球又一骨碌滚到阳台上。

不料到了第二天早晨，家里像失火似的，只听见妈妈惊慌地大叫起来：“小哈快起来，你瞧，那是怎么回事？”马小哈朝地板上一瞧，这可把他给愣住了，只见水泥地板上像是被耗子啃了似的，出现了一道3厘米来深的凹槽，从房门口一直断断续续地通到阳台上，墙上和天花板上也出现了脸盆大小的一个深坑。最严重的还要算是阳台，水泥栏杆和水泥地板全都不见了，只剩下一些纵横交错的钢筋，可那只小足球仍好好地躺在钢筋上。

事情到此还未结束，没过多久，情况又有发展：水泥地板上出现了密如蛛网的纵横深沟，墙上的洞还在扩大。看起来，这幢楼房整个儿都会消失。

这件事很快惊动了居民和市里的领导、教授、专家，他们纷纷来到现场，察看马小哈家阳台的现状。突然有人惊叫："阳台上有人！"

果然，阳台上是有一老人。他一手扶着墙，另一只手向前伸着，同时小心翼翼地用脚试一试钢筋，好像是试探一下钢筋是否结实。过了片刻，老人在悬空的钢筋上走了几步，伸手捡起那只小足球，又打开身边的一个金属盒子，把球放了进去……

马小哈一看老人，他就是在胡同口遇到的那个老头子。说也奇怪，当那老人在楼梯口出现时，几乎所有在场的专家都齐声叫了起来："刘教授，是你呀！"

"同志们，危险已经排除，你们可以放心回家了。"那位刘教授向居民们大声说道。

专家们围着刘教授，要他讲述事情的由来。

"这样吧，我们到现场边看边谈吧！"刘教授说。

马小哈家坐满了人，大家都等待刘教授解开疑团。

"说来话长，事情得从1976年唐山大地震说起。我们都知道大地震的损失是惊人的，它彻底破坏了一座百万人口的大城市。在废墟上要建设一个新城市，首先要清除建筑垃圾。这项工程所耗费的人力、金钱，和建设一座城市差不了多少，而且还大大影响建设速度。为此，我就进行了一项研究工作。"

刘教授继续说："我是研究生物学的，具体地说，是专门研究地衣这类低等植物的。在山区，裸露的悬崖绝壁上生长着地衣。由于地衣能够分泌出一种地衣酸，无论怎样坚硬的岩石，都能被地衣分解，形成薄薄一层土壤。"

"刘教授，我有个疑问，地衣虽能分解岩石，但进行过程极缓慢。在自然条件下，一块坚硬的石头要变成疏松的土壤，起码要经过几百万年甚至几千万年。怎么可以想象，几小时内能产生这样大的作用呢？"有一老教授问道。

"我们用的并不是天然地衣，而是人工培植出来的一个新品种，我把它命名为地衣之王。"刘教授自豪地说。

“全世界的地衣共有18000多种，我们挑选了一批对岩石的分解能力最强的品种，经过5年时间，最后终于获得一个最佳品种，这就是地衣之王。

“地衣之王有两个最突出的特征，一个是自身的繁殖速度极为惊人，在常温状态下，1小时可繁殖5000～7000代；另一个是能够迅速分解最坚硬的岩石、水泥制品和砖块。”

刘教授说罢，房间里像开了锅似的议论纷纷。有人说，这项成果实用价值真大；也有人担心，如果管理不好，也会出现新的麻烦。

“请放心，我们有办法控制它。地衣之王只能消化岩石、砖块、水泥一类的‘食物’，对塑料、沥青以及各种金属就无能为力。在施工时，只要用一层塑料薄膜把需要处理的建筑垃圾罩起来，不就无事了吗？”

接着，刘教授又把这次发生的问题作了说明：“马小哈向我要球提醒了我，我发现小足球上沾了一大块地衣之王的培养基，不禁转悲为喜。因为只要有一点点孢子，我还是可以想办法把它们繁殖的。谁知那小家伙不由分说，从我手里把球夺走了。当时我十分着急，因为足球上的地衣之王会惹出麻烦的。因此，我连夜寻找那个淘气的孩子，结果，由于我来晚了一步，果然出了一场乱子。”

听完刘教授的解释，马小哈后悔莫及。多可怕呀，刘教授花费了多年的心血研究出来的成果，差点就葬送在自己手里。他恨死了那小足球，全怪它……

《智慧树》，1981年第2期

一场虚惊

金 涛

滴水成冰的冬夜，寒风刮在脸上像刀割一样。吴小明和马小哈顶风穿过寂静的街道，拐进了小杨树林。林子东边，有一条黑水河，大概是水流湍急的缘故，那条河即使在最冷的天气里也不会结冰。

“哎呀，不好了！”吴小明指着黑水河上的那座石砌的拱桥叫了起来。

马小哈转脸朝桥上望去，石桥的栏杆上直挺挺立着一个穿得十分单薄的人，就在马小哈扭过头去的一刹那，那人突然纵身往河里一跳。马小哈赶紧脱下棉衣裤，敏捷地跨过石栏，跳下河去。

几分钟过去了，吴小明不见马小哈冒出水面，再也沉不住气了，没命地大喊起来："救人啊！有人淹死了……"

惊慌失措的吴小明跑下桥头，声嘶力竭地继续喊着马小哈的名字。跑着跑着，他突然收住脚步，惊讶得说不出话来。河岸的雪地上站着一个浑身水淋淋的人，怀里抱着个脸色铁青、衣服冻得硬邦邦的马小哈。

"小哈——"吴小明连忙扑了过去。

"快，快把衣服拿过来。"那人一边说，一边从吴小明手中接过衣服，把冻僵的马小哈严严实实地裹了起来。

"走吧，你们这两个讨厌的小鬼，先到我家去暖和暖和吧……"

进门后，吴小明这才看清楚这位奇怪的人，原来是一位很年轻的阿姨。同时，马小哈对着吴小明的耳朵低声说：

"你知道吗？就是她救了我。她根本不是投河自杀。"

"什么？！"吴小明大吃一惊，他始终无法把这个笑容可掬的阿姨和那个跳河的人联系起来。

"阿姨，你就把今晚的事给我们讲讲吧。"马小哈央求着。

阿姨微微一笑："你知道吗，你们把我的实验计划全都打乱了。我是服装设计工程师，我的任务不仅要设计出各种美观新颖的服装，而且还要研究出做衣服的新材料。"

阿姨告诉他们："南极的气温极低，那儿最低气温达到 –94.5℃，科学家们希望服装设计工程师给他们设计出一种衣服，穿了能在冰天雪地里顺利地进行科学研究。

"为此，我一直在想，要找到一种最轻便、最保暖的御寒材料。我曾经做了很多试验，棉的、丝绵的、羊毛的、羽绒的……这些材料都不理想。”说到这儿，这位年轻的女工程师指了指墙上那幅有北极熊的大油画：

“这只北极熊启发了我。你们瞧，它在冰天雪地的北极冰原上不仅不怕冷，还可以在冰冻的海水中自由自在地游泳。北极熊的皮毛为什么能够那样御寒呢？”阿姨说着，从玻璃柜里取出那张毛茸茸的北极熊皮，告诉他们：“在电子显微镜下面看，北极熊身上的毛都是空心的小管子，它们具有光电管的效能，利用这种特殊的天然光电管，北极熊可以大量吸收太阳光中的紫外线，使身体周围温度升高，所以不管天气多冷，北极熊都不畏惧，它有件自动增温的皮大衣哩！知道了这个秘密，我们就可以仿照它设计南极服了。”

马小哈和吴小明急不可待地问：“阿姨，这种衣服制造出来了吗？”

“怎么，你们不是已经看见了吗？”

“啊，我明白了，刚才你是穿着新发明的衣服做实验吧？”马小哈恍然大悟。

《儿童时代》，1981年第9期

人与兽

金　涛

我随代表团访问K城的当天晚上，应邀看了一场马戏，使我大吃一惊的是，马戏团中的一头名叫维纳斯的海豚，竟懂汉语，而且通过打字机还能与人交谈。

在K城的四天访问即将结束了。突然有一个素不相识的老头和一个小姑娘来我们下榻的饭店找我。我万万没有料到，那个小姑娘正是那天和维纳斯海豚一起表演的女孩子。更使我意想不到的是，这个老头竟是阔别14年的好友吴大鹏，眼前的那个小姑娘正是他的女儿维维。当我问及吴大鹏的妻子竹筠时，他给我讲了不幸的遭遇。

14年前，吴大鹏带着妻子和刚出世不久的维维搭“海神号”去环球旅行。不幸“海神号”失事，竹筠和维维乘了船上的救生艇先行离开，吴大鹏从船上弄到一只啤酒桶也下海漂流。五天后，吴大鹏被一条捕鲸船救起，他从船员的望远镜里发现，离大船不远处有一群海豚，其中一头海豚上还驮着他的女儿维维。但当捕鲸船全速追过去时，海豚迅速避开大船，消失在茫茫的大海里。吴大鹏得知妻子遇难，女儿生死不明，生了一场大病，病愈后已变成皮包骨头的小老头了。这是后话了。

捕鲸船到克赖斯特彻奇后，吴大鹏在他的朋友、环球马戏团老板麦金斯先生的挽留下，参加了马戏团。几年后，他们来到塔法希岛演出。一天傍晚，吴大鹏在海边散步，突然听到一阵哭声。从发出哭声的方向望去，吴大鹏看到一头两米多长的海豚搁浅在浅滩上，旁边还有一个披散着头发的小女孩。当他把女孩从海水中抱起时，才发现她的腰际缠着一根褪色的带子，另一端系在那只海豚身上，同时还发现女孩颈项上的一串他所非常熟悉的金项链。原来这个女孩就是失散多年的女儿维维。此时，维维已不会讲话，经过吴大鹏的精心培养，她除了已经懂得的海豚语言外，还懂汉语，而且能说一口流利的英语。那头海豚维纳斯也能懂汉语。

光阴荏苒，维维长到八岁，在麦金斯的要求下，她和维纳斯终于参加了马戏团的演出……

听完吴大鹏的回忆，我悲喜交集，紧紧握着他的手，要他迅速返回祖国。我告诉他：维维回国后的前途无量，她不仅仅是科学研究的对象，因为她将提供海豚语言的第一手可靠资料，光是这一点就可以整理厚厚一本《海豚语言大辞典》，而且可以成为第一流的研究海豚的专家。

正当吴大鹏决心带女儿和海豚维纳斯回国时，突然，维纳斯失踪了。经过调查，我才知道，盗窃维纳斯的是一个名叫拉辛的研究海豚的专家。拉辛受雇于某个军事集团的科研机构。听说他正在研究一支海豚部队，以便让海豚带上核弹头去摧毁敌方的城市、海港、军事设施和舰船。后来，又听说他由于始终没有解决海豚语言的奥秘而失败……

此刻，我感到事态的严重性，除安排吴大鹏父女俩速回祖国之外，还预感到我们将要面临一场严重的挑战。

《科学文艺》，1981年第4～5期

奇怪的曲线

金　涛

最近两天，地震观测中心站突然接收到一条急剧跳动的曲线，它的频率和振幅都极为异常。显然，这是地震前夕的不祥预兆。令人不安的是，计算机信息处理的结果表明，这条曲线和20年前发生在渤海湾的一次大地震的方位完全吻合。然而，奇怪的是，从零点开始，这条奇怪的曲线又突然消失了，地磁、重力和地应力也立即恢复到正常状态。

在这以前，地震学家高教授的养子星星和哑巴保姆刘阿姨失踪了。星星是渤海湾地震那一年，在乌龙岗一座倒塌的山神庙废墟中被发现，并被高教授收为养子的。一个偶然的机会，哑巴保姆看到了星星小时候穿的衣服，她非常惊讶，又极其兴奋。高教授知道哑巴刘阿姨的反常举动后，从这些衣服上剪下一小块，请纺织研究所鉴别一下衣料成分。化验结果，这些衣服竟是几种类似金属的合金线织成的，从光谱、原子结构上看，太阳系里至今也没有发现这些元素。最令人吃惊的是，衣服上有一个十分精致的星辰图案标记。天文台的专家用计算机放大处理，发现这是迄今天文学家还不了解的遥远的河外星系的星图。

根据20年前渤海湾发生地震前一个小时，一个很大的不明飞行物出现在震区上空的情况分析，高教授认为，是飞碟坠落时的巨大冲力触发了那次地震的发生。飞碟坠落的地点，就是当年发现星星的乌龙岗。由此看来，星星和哑巴刘阿姨也许是天外来客，目前他们正在这一带寻找当初坠落的飞碟。那根奇怪曲线出现的时间，正是哑巴刘阿姨出走之后，这不是偶然的；而那根曲线的突然消失，也许是他们的飞行器出了毛病。

高教授刚分析到这里，星星拿着一只精致的金属圆筒，里面盛着飞碟燃料闯了进来。原来，星星在飞碟的驾驶舱里，看到了父亲临死前留下的一盘录音带。它告诉星星，是他家的一名女仆和一名男仆在飞碟上串通一气，杀害了他的父亲。在紧急关头，父亲把星星塞进紧急离舱的救生装置中，按了自动离舱的按钮。当星星安全脱险、抛出飞碟向地球降落时，父亲的背后响起一阵枪声。接着，飞碟失去控制，急剧地朝地球坠落……父亲从昏迷中醒来时，发现自己受了重伤，已是必死无疑了。那男仆的尸体早已僵硬，只是那个女仆不见了……

那个坏女人见星星知道了事实真相，便用枪威胁他跟她一道离开地球。星星夺门而出，她在后面开了枪，使他的内脏受了致命伤。正在这时，遥远的天际隐约传来沉闷的轰炸声。那坏女人启动推进器，缺少燃料的发动机自动燃烧了，她被活埋在烟火之中。

《科学周报》增刊：《科幻小说》，1981年7月3日

怪 兽

金希凯

一个不明国籍的飞行器，侵入了我国西北戈壁滩的边缘地区。飞行器中窜出两只奇怪的动物：它们有点像老虎，但比老虎大得多，头上还长着一只像犀牛那样的角。科学院沙漠绿化委员会的年轻工程师刘政，被这两只怪兽咬伤了。边防战士击毙了怪兽，把刘政救了出来。与此同时，边防局的高速歼击机击落了那个不明飞行器，里面的四个不速之客也一起同归于尽。

刘政的父亲、著名的生物学家刘克志到医院来探望刘政。根据化验，怪兽带有眼镜蛇的毒素，好在我国研制成的抗蛇毒素XH-13，对分解此毒有特效，因而刘政不久就转危为安了。

科学家们对怪兽尸体和四具人体死尸做了解剖和检查，对不明飞行体的残骸碎片也做了分析。最后，边防局认为，这是一次预谋的入侵，他们仿制了人们传说中的飞碟，企图蒙骗我们；他们又妄

图把人工合成的毒汁四溅的怪兽放进我们的牧场，给我们制造损失和恐怖。

《兰德公墓里的行宫》，《科学时代》增刊4：1981年5月27日

909医院混乱之谜

金玉文

我是909医院的手术麻醉师，一天，我发明的电子气功麻醉仪首次用于临床试验。就在这段时间里，整个医院似乎发生了可怕的事情。人们议论纷纷：有的病人说，看到太阳突然从东方跳到了西方；有的护士说，自己的表突然从10点跳到了4点；一位大夫说，他开一个处方，足足用了6个小时。

这件事惊动了公安局，公安人员问我是怎样给病人麻醉的。我说："气功外气是人体发射的一种人体场。我经过研究制作了一种电子仪器，它发射的场和气功外气一样，能使病人产生全身麻醉。今天，我要把这种仪器用在临床上。"

公安人员要看看电子气功麻醉仪，我就带他走进了手术室。待我们俩都穿上镀金属的衣服——屏蔽服后，我便打开了仪器的电源。

出乎意料的是，当我们从手术室里出来的时候，整个医院又是一片混乱。很多人都说，上午的怪现象又重复了一次。这下子真相大白了，医院的混乱是电子气功仪引起的：由于我的电子气功仪的功率做得过大，结果它发出的场，使整个医院的人，除穿屏蔽服的以外都被麻醉了，于是就出现了上午和刚才的怪现象。

《科学周报》增刊：《科幻小说》，1981年10月10日

沾满花香的手帕

景　颢

王芸刚从天云山考察植物归来，骑着自行车，满心喜悦地向药物研究所踏去。

王芸拿着一束用手帕扎着的野花奔入丁勇的实验室，只见丁勇倒在血泊中，手捂左耳痛苦地呻吟着。试验台上，一只大玻璃瓶炸得粉碎。王芸扶起丁勇，丁勇的左耳已经不翼而飞。王芸急忙解开扎花的手帕，按在丁勇的伤口上，将丁勇送至市医院。

在市医院的实验室里，李功博士正在进行动物器官再生实验。助手小张推门进来，向他报告一个罕见的病例：一个名叫丁勇的病人因事故失去左耳，入院前没有做过缝合手术，可是，创伤处的耳后动脉和颞部动脉已经闭合，用高倍放大镜观察，创面上覆盖着一种膜样物质。经向病人了解，来院前他的女友王芸在他的创口上压过一块曾包扎过野花的手帕。用超滤方法检查，发现丁勇血液中有一种异样物质，同时在手帕上也发现了这种物质。化验结果表明，这种物质的结构竟与李博士研究的“再生1号”有相同之处。李博士觉得此事有点离奇。于是，他和小张来到病房，叫小张给丁勇解下绷带和纱布，只见丁勇的伤口上已长出一只新耳朵。此时，王芸用惊喜的眼光看着李博士，李博士微笑着用手按动一只绿色电钮，乳白色的墙壁自动分开，出现了两架巨大的荧光屏幕。屏幕上映出了丁勇身体的解剖图像。李博士指着那块沾满花香的手帕说，这上面带有一种奇特的物质，使丁勇重新长出了耳朵。这是一种很有价值的物质，它对人类健康将会产生巨大影响。这种物质，也就是李博士正在研究和寻找的再生物质，它被命名为“再生1号”。

听完了李博士的介绍，王芸和丁勇高兴得紧紧地握住李博士的手。他们心里仿佛有股春风，吹散了朵朵愁云。

《科学与人》，1981年第2期

藏在乌云里的蓝光

军扬　李徽　曲路

在远离我们的宇宙中，有一颗科学文化高度发达的宙河天星。为了探索宇宙文明，统领宙河天星的宇晶米特派晓晓若丹来到太阳系。晓晓若丹驾驶飞船到百慕大三角区上空时，被藏在乌云里的蓝光击伤，宙河天星的防卫武官力基斯德准备率领队伍进犯地球，但正直善良的宇晶米特认为在没有了解清楚蓝光秘密之前，不能贸然兴兵。

宇晶米特的独生女儿娜普美霞背着父亲，驾着飞船来到地球的百慕大三角区上空。此时，B国总统华太的儿子科莹也驾机在此探索奥秘。突然，从乌云里又射来一束蓝光，早有准备的娜普美霞立即施放强磁力干扰，拦截蓝光，似磁力使科莹的座机失去控制，娜普美霞以超光速的速度，救起正在往魔鬼海域下坠的科莹。

科莹座机在百慕大三角区失事的消息传到了B国华太总统耳里，E国首相白利基来到B国，断定科莹是被宇宙人所害，要华太总统与E国联合起来，共同对付宇宙人。威严而稳重的华太总统却通知科学院和军事部门，在没有弄清楚事情真相以前，不要轻举妄动。

科莹被娜普美霞救起后，他们成了好朋友。他们发现，百慕大三角区的蓝光实由E国所控制。白利基为了称霸全球，在极地的地下修建了一个规模很大的生产和储存蓝光的科学基地。科莹和娜普美霞历尽千辛万苦，始终没有找到蓝光科学基地的控制中心。

宇晶米特得知爱女背着他去地球探索，又突然失去联系，忧虑得病，国家大事暂由力基斯德掌管。力基斯德为了显示自己的威力，竟向地球发出最后通牒，要求立即交出娜普美霞，否则将把地球炸得粉碎。华太总统调集全国的激光武器，对着蓝天，以防万一。正在这危急关头，娜普美霞得知力基斯德要向地球发起进攻，立即驾着飞船回宙河天星阻止。接着，她率领宙河天星的飞船来到蓝光科学基地，在华太总统和科莹的配合下，粉碎了白利基的阴谋。

由于宇宙人对地球上的病菌没有免疫能力，他们必须立即返回宙河天星。临别时，娜普美霞对科莹说："科莹，希望你不要忘记我，只要明亮的太阳还在，我们的友谊就不会中断。"

《睡了一百年的人》，黑龙江科学技术出版社，1981年8月

永不消逝的美

孔　良

G市纺织科学研究所青年女研究员周卉，在研制一种新型化学纤维时，因爆炸而被严重烧伤。现代医学虽然可以保全她的生命，但是，却无法恢复她的容貌。她学生时代的好友、生物学家郭超仁，决心想办法使她重现旧貌。

郭超仁从蜥蜴断尾再生中得到启示，找到一种再生基因，使人的皮肤也能再生。在生物研究所的一间实验室里，郭超仁把浸在橘红色胶状液体中的一小块皮状物质，移植到她被烧伤的焦皮上，它迅速扩展，使烧伤的皮肤复原如旧。于是，他从周卉身上仅存的一块指甲大小的皮上切下一半，放在橘红色的胶状液体中，然后植回周卉原处，皮种很快地扩展开来，代替了疤痕。可是，好景不长，种皮处疤痕又重新吞噬着新生的表皮。原来，周卉经过异体植皮之后，表皮的参数已经发生变化，试验失败了。现在，必须找到她表

皮的原来参数，这项试验才能成功。正在郭超仁走投无路的时候，著名物理学家陈执中教授来找郭超仁，说他有办法。

一束强蓝光射向太空，追上了周卉的形象，并使它不再运动。可是，由于织女星上的磁暴对蓝光束又产生了强烈的干扰，周卉的形象又慢慢地消退了。现在，唯一能补救的办法是驾驶火箭越过磁暴区，去实地记录周卉的参数。周卉的同学、宇航员苏放主动承担了这项危险的任务，驾着火箭去实地记录周卉的参数。在接近周卉光云时，苏放打开了测录机，测录了周卉烧伤前的参数。这时，苏放又发现了另一些烧伤者的光云。他一共测录了1223个人的数据，并把测录下来的资料装入应急火箭带回地球，而他驾驶的火箭，由于燃料耗尽只能在茫茫宇宙中飘行。

郭超仁根据苏放发回的数据，使周卉恢复了原来的容貌。G市人民深深地怀念着苏放。

《永不消逝的美》，科学普及出版社广州分社，　　1981年12月

一枚精美的胸针

匡　鲁

像往常一样，我穿着雪白的连衣裙，像小白鸽似的飞向我心爱的纺织厂，直向车间奔去。

一进车间，我感到非常奇怪，以往声音嘈杂的车间，如今怎么会一片肃静了呢？当我明白这是由于我的耳朵失聪时，恐惧像魔鬼一样噬咬我的心，我瘫倒在地上。

好友小玲和几个姐妹立即把我送进医院。几个大夫轮番向我发问，他们的话断断续续，令人费解，我只好一概摇头。

但是，我仔细一听，还是能听见他们声音很低的谈话，于是我

轻声地说："你们的谈话我听得见。"一位老大夫一声比一声高地问我："能听见吗？能听见吗？……"他才说了三遍，我又听不见了。大夫们因此显得一筹莫展。

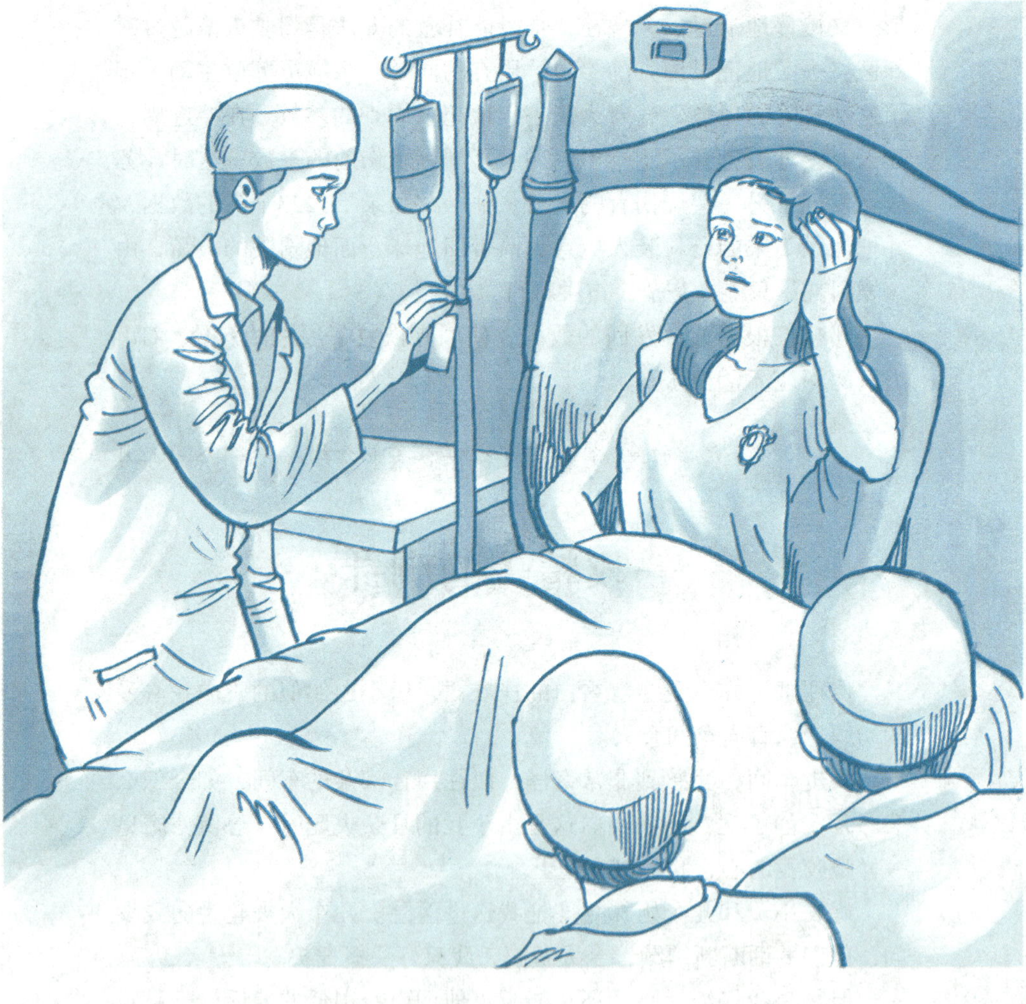

这时候，一位身材瘦长的年轻大夫取来一个袖珍电视、收音两用机，他把音量拨到最小，递给我，轻声地说："拨大音量，到听不见时停下。"使大家都感到惊奇的是，当音量大到一定程度时，不仅是我又听不见声音，而且连大夫们也听不到声音了。两用机一离开我身体，大夫们又听到了声音，正当我们对这种现象感到不可思议时，我的未婚夫吴祥突然出现了，从我身上摘下了他中午才送给我的胸针，刹那间，我又听到了室内嘈杂的人声。吴祥看着室内所有人的惊讶神情，终于把这枚精美的胸针的奥秘告诉了大家。

原来，那枚胸针是一个滤音器，它能滤去频率很高和很低、强度很大的声音。这是吴祥为了减少纺织厂的噪声对工人健康的影响而专门研制的。只是由于他在送给我之前，没有将这枚胸针的奥秘讲出来，才闹了这么个大笑话。

《科学与生活》(辽宁)，1981年第4期

100分的秘密

李成蹊

去年寒假前夕，学校举行了期终考试。过去我的学习成绩一直是全班倒数第一，可是这次我的考试成绩却门门优秀，英语还得了100分。

这100分的秘密，就在我爸爸和他的同事们研究出来的电子助学机上。因为我妹妹英语的成绩很好，所以爸爸先把妹妹学习英语单词的脑电流信息，用电子助学机记录下来，储存在储存器中。当我在念单词的时候，一方面自己的学习信息进入大脑，另一方面，妹妹的学习信息，经过电子助学机放大，同时输入了我的大脑。在这

种外加信息的同步作用下，我的记忆力便增强了，学习成绩也有了提高。

《少年科学》，1981年9月号

YL工程

李登柱

领导上要我去采访“YL-9工程”。到了工程指挥部，接待我的竟是我小时候的好朋友苏崛华，他是这里的副总工程师。遗憾的是，我们还没交谈，指挥部就把他找去商讨对付敌人的作战计划。

我们一起来到了作战指挥部。一个战士报告说：“敌人从52号基地起飞。”只见荧光屏上出现了10多个亮点。苏崛华命令：“23号注意，把敌机统统请下来。”原来排列整齐的敌机，一下子都乱了套，迅速下坠，在屏幕上消失了。崛华和我乘着飞车赶到现场，只见山谷里一架敌机的残骸在冒着黑烟。我问他：“这是用什么武器击落的？”他回答说：“是YL防空武器。”原来，YL是一种引力发生器，即能把电磁波转变成引力的一种装置。YL-9工程是世界上第一艘用反引力推动的宇宙飞船。崛华向我介绍说：“物体之间的引力是由引力子来传递的。现在我们不仅能定向发射不同强度的引力波束，而且还可以发射反引力波束，用反引力推动宇宙飞船。”

10点钟，我们来到了YL宇宙飞船发射场，只见飞船缓慢而平稳地离开了地面，冉冉上升。

《科学天地》，1981年第1期

海盗的永生

李　镇

1990年，世界科学年会遭到了有史以来最沉重的打击。它的两颗最引人注目的科学明星——英国的汉斯教授在赴会途中，和英国远洋巨轮“王冠号”一起失踪；中国的卢满年教授则在归途中乘飞机遇难。两件事相距不过一个月，都发生在神秘莫测的百慕大魔鬼三角海域……

实际上，汉斯和卢满年都落入了海盗菲力普斯的手中。

卢满年教授通过研究发现，一切生物体内都有一个自我毁灭系统——死亡腺，它分泌出死亡激素。这种激素能阻止细胞利用甲状腺素，造成细胞衰亡。动物实验证明，许多动物在割除死亡腺以后，就能大大延长寿命。卢教授已弄清了人类死亡腺的情况，和猴子大致相同。他的实验室里三只猴子的衰老速度，已下降到了每年只衰老一天了。

菲力普斯在了解了卢教授的研究成果后，就要卢教授为他做一次类似的长寿手术。经过一番考虑之后，卢满年同意了。汉斯决定协助卢满年完成这次微妙的实验。他有一个高级信息储存器，这个储存器里储存了几百位已故科学家的智慧。它已完全具备充当机器脑的条件。这两位科学家共同拟定了《菲力普斯永生实施计划》。

卢满年教授顺利地完成了机器心、机器肝、机器肾、机器胃、人造胆囊、人造血浆、人造大肠等人造器官的预制工作。它们同人体内的器官完全一模一样，只是在化学仿生合成的过程中，把死亡腺系统删除了。

手术开始了，卢满年依靠电脑手术机，只用了两个小时，就把菲力普斯的全部内脏更换一新。换脑的手术是由汉斯进行的，他按照预定方案，挖去了菲力普斯的脑，把智慧储存器装进了他的颅腔……三个半小时过去了，菲力普斯从定时麻醉中苏醒过来。他只知道自己刚经过一次外科手术，但是别的往事却一点也不记得了。

1991年的世界科学年会在海底世界召开。海盗菲力普斯站在圆形会议厅中央，仍旧是一副凶神恶煞般的面目。但是，卢教授和汉斯教授把他打扮得衣冠楚楚，使他增添了几分学者的风度。世界各地云集而来的科学家们，饶有兴趣地向菲力普斯提出各种各样的科学难题。只要是在已知科学范畴内的，不管属于哪个学科，他都能对答如流。即使对于未来科学，他也不乏想象力，往往能发表一些独到的见解。菲力普斯的回答博得了全场暴风雨般的掌声。卢教授和汉斯教授向这个博学的菲力普斯走去，每人握着他的一只手，高高举起，向科学家们表示答谢。

《科学周报》增刊：《科幻小说》，1981年10月10日

东陵失窃

梁　惊

在河北省马兰峪西的清朝皇陵——东陵，慈禧地宫的珍贵出土文物玉雕水仙花不翼而飞了。

公安部的徐处长和他的两个助手闻讯而来。据反映，那天晚上12点左右，东陵文物管理处的总保管吴启华，拿着旅行袋朝西边的山坡走去，估计是到马兰峪西生产队去的，在那里他有个老朋友韩大爷。可是，如今吴启华因为吸入一种神经性毒剂，患了精神病，已住进医院。几天以后，盗窃案仍未破案，马兰峪西生产队的韩大爷又被人杀害了。

徐处长得到一封用牛奶密写的信："启华：今天22点乘班机到京，急盼见你。"徐处长沉思了一下说："看来他们今晚要行动了！吴启华的病情已有好转，今天下午可以把他接到东陵医务室疗养。"

晚上六点钟，徐处长和其他公安人员乘着几辆小轿车从东陵驶出，直奔北京。实际上，这些小轿车内空无一人，里面的人像全是彩色立体全息图像。徐处长一直未离开东陵。

一个黑布蒙面的人闪进东陵医务室，举起匕首向吴启华胸部刺去。不料，那个蒙面人竟穿过吴启华和病床跌倒在地上。原来，这又是彩色全息立体活动像！蒙面人爬起来夺门而逃。突然，徐处长

握着手枪出现在面前。蒙面人用右拳猛击徐处长头部，徐处长安然站立在那里，蒙面人却扑了一个空，跌倒在公路上。显然，这又是一个程序控制的声同步立体全息像。蒙面人被捕了，原来他就是东陵管理处副主任赵冲！

此时，吴启华的神志已恢复，他向徐处长报告说："上星期六晚上，我在储藏室发现了玉雕水仙花。意识到一定是有人准备以假换真，进行盗窃。我决定来个以假换真，从保管室取走两个复制品，用一个复制品把真品换出，把另一个送到了韩大爷家里，而把真品藏了起来。后来，我把情况向赵冲副主任汇报了。谁知他竟然提出要我与他合伙把玉雕水仙花卖到国外。我非常气愤，骂了他一声就走了出来。"

赵冲被押了上来。他无可奈何地作了交待。

《现代化》，1981年9～12月号

海斯与丽达

梁宪生

博学多才的劳赛克，曾经向他的老同学、著名的电器工程师艾伦提出挑战，看谁先研制出第六代机器人。结果，艾伦模仿青年文学家海斯制造出了我——一个第六代机器人。艾伦要我充当海斯的助手，为他外出体验生活，收集素材，并为他物色一位称心如意的妻子。

经过一番乔装打扮之后，我便开始了漫长的旅程。由于我的工作，海斯的创作进度很快，根据我提供的素材，他同时构思了几部作品。

在飞往夏威夷的旅途上，我和一位身材苗条的金发女郎丽达结识了。我感到自己已进入了爱情程序，只觉得神魂缥缈起来。丽达也向我表达了爱慕之情。我打算回去后，来一个“金蝉脱壳”，让真正的海斯和她结婚。可是，回家后，当我和艾伦把关于我这个机器人的来龙去脉原原本本地告诉她的时候，她既没有惊慌的表情，也没有指责我的意思。

燕尔新婚之日，海斯的脸上充满幸福的神情。可是丽达告诉我，在她的保护人还没有来到之前，她是不能结婚的。

突然，门铃响了，邮递员手提一个大包裹进来了。原来，海斯的五部“巨著”全部被退回了。门铃又响了，这回出现在门口的，却是丽达和她的保护人劳赛克先生。艾伦激动地走上前去，和劳赛克相互祝贺了一番，然后转身对文学家说：“真对不起你，海斯，丽达是机器人。”我明白了，眼前的丽达就是劳赛克的杰作。

然而，文学家却感慨地说：“艾伦先生，我还是应该感谢你。因为你使我明白了：生活是艺术的源泉，研究文学是没有捷径可走的。至于爱情嘛，更要自己去寻找，那才是美满和幸福的。”突然，海斯把脸转向我和丽达，说：“我提议今天就为你们举行婚礼。你们将成为世界上第一对机器人夫妇。”听见这突如其来的提议，我顿时热血沸腾，炽热的爱情火焰油然而生。

《科学周报》增刊：《科幻小说》，1981年12月26日

飞向活星

廖公弦

“宇航三号”王凌云和他的小伙伴小钻头——十一二岁的孩子，乘“活星一号”光子飞船来到了活星。

活星上生活着一种翼人，他们脸上的五官布局、身上的四肢结构，几乎和地球人一样，只是在背上长着一对翅膀。他们把“宇航三号”和小钻头当作“天神”。白翅国女国王闻讯后，便将两位“天神”迎进宫来，尊为上宾。

“宇航三号”向国王提出，白翅国到处都是铁矿，可以挖煤炼铁。女国王对他那比比画画表明的建议，居然领会了，并且高兴极了。小钻头则利用给翼人上课的机会，学习翼人的语言文字。

在白翅国的附近，有一个黑翅国。黑翅国一定要白翅国分一个

“天神”给他们。谁知小钻头来到黑翅国后，因为他没有翅膀，被误认为是天上掉下的灾星。

小钻头被关进了监狱。他和黑翅国的囚徒们一起做苦役：用土罐到大河边盛水，再爬上高坡，用水灌溉庄稼。忽然，小钻头想起了风车。不久，他所设计的风车，在大河岸边转动了起来。风车的设计使黑翅国国王断定，小钻头是善意的“天神”。

地球派来的“活星二号”在活星上降落了。“宇航三号”、小钻头和白翅国国王的女儿一起登上“活星二号”，向地球飞去。

《飞向活星》，贵州人民出版社，1981年8月

悲剧之花

刘沪生　　黄　忠

在国际乒乓球赛进入冠军赛的前一天，已经稳拿世界女子单打冠军的法国运动员卡罗利娜下肢突然瘫痪。大家深为卡罗利娜不能参加决赛而感到惋惜。可是两天后，国际乒联却宣布：卡罗利娜病情虽无明显的好转，但在中国医疗小组的护理下，决定照常参加冠军赛。

原来，这次冠军赛是采取“生物电乒乓球赛”的方式进行的。卡罗利娜在医院的病榻上，而中国著名的后起之秀徐惠琪将在生物电研究所里，她们都通过思维所产生的生物电，随心所欲地遥控球台两侧的球拍操纵器进行比赛。这场扣人心弦的决赛整整打满了五局，卡罗利娜终于夺得了女子单打冠军。

卡罗利娜由于过度兴奋和劳累，病情突然恶化，不仅全身瘫痪，而且还丧失了语言表达能力。

中国医生钱大维在神经科专家石教授的指导下，检查了卡罗利

娜的中枢神经系统，发现造成其瘫痪的主要原因是，控制四肢肌肉运动的中枢神经系统的大部分细胞已遭到破坏，而少部分细胞所发出的生物电脉冲又太弱，已不能使肌肉再进行正常活动。钱大维采用健康人身上录下的生物电流，放大后刺激卡罗利娜瘫痪的四肢，尽管这些刺激确实能使病情有所好转，但还不能恢复到行动自如的地步。

一个偶然的机会，钱大维突然意识到，人体各部位在执行大脑信号时，肌肉所需要的生物电流的强弱是不同的，而且强弱的程度因人而异。于是，在石教授的指导下，钱大维设计了一套适用于卡罗利娜的仪器，借助于这种仪器，卡罗利娜的四肢能活动自如了。

新的成功并没有使钱大维满足，相反，他不断思考着，用生物电流刺激卡罗利娜瘫痪的四肢，虽能使她的四肢功能恢复到原来的程度，但总不能让这个庞大的仪器永远缠绕着她呀！

功夫不负有心人。不久，钱大维又给卡罗利娜设计了一件用微型电子元件组成的特殊衣服。当卡罗利娜穿上这种特殊衣服后，她终于脱离了庞大仪器的羁绊，又回到乒坛参加新的战斗。

《科学生活》，1981年第4期

上帝的特使

刘沪生　　黄　忠

失业多时的蒙狄尔被国际粮食协调会的董事长哈曼特雇用了。

他来到了哈曼特那里。侍者按动电钮，墙上露出了一幅世界地图。哈曼特请蒙狄尔介绍一下他的抱负。蒙狄尔说："世界粮食产量不高的主要原因，是人类无法征服天气。譬如，亚洲的印度次大陆，天气炎热，经常干旱，如果在旱情时下几场透雨，农作物有足够的水分就会丰收。"哈曼特听了，表示赞同："现在我有一块地，经常干旱，请你想办法改变这一现状。"

蒙狄尔说，可以发明一种特制的吸热装置，将太阳辐射热聚集起来，再照射在附近的湖面上，使湖水很快蒸发，产生大量的湿热空气，遇到高空的冷风时，就会降下雨来。哈曼特听了很满意，与蒙狄尔订了试验合同。

几个月后，蒙狄尔的试验获得出乎意料的成功。哈曼特又要蒙狄尔在一个叫马利的地方减少降雨量，制造大面积干旱，使它变成一个半沙漠地带。

几天之后，蒙狄尔向妻子说起了这件事，坐在一旁的女佣苔丽丝突然惊叫起来，她要蒙狄尔放弃这次试验。原来，马利是苔丽丝的家乡，那里还有她的老母亲。苔丽丝的哀求已经来不及了，哈曼特已把器材运到了那里。马利地区连续20多天的强烈干旱，已使土地龟裂，鸡犬不宁。原来，这是哈曼特为了打败他的对手雷蒙德而施的一项毒计。雷蒙德怀恨在心，将苔丽丝的母亲弄死后，发电报通知苔丽丝。

苔丽丝把心中的仇恨全部集中到蒙狄尔身上，暗中买了一包毒药，悄悄地放入一杯咖啡里，蒙狄尔呷了一口咖啡，苔丽丝拿起一把金剑，问他这剑是谁的？这金剑共有两把，一把被她家的仇人抢去了，她爸爸也被那人害死了。蒙狄尔想起了15年前离家时他的妹妹罗尼卡，原来苔丽丝就是罗尼卡。他激动地喊着："罗尼卡，我是吉姆，是你的亲哥哥。"蒙狄尔感到一阵恶心，紧跟着一阵窒息……苔丽丝号啕大哭，悲恸至极。她突然站起来，走到桌前，将剩下的一大半咖啡，全部倒进了嘴里，搂抱着死去的亲哥哥，痛苦地闭上了眼睛。

第二天，几家大报刊登了哈曼特为悼念蒙狄尔的讣告："当代杰出的农业科学家蒙狄尔，不幸于前日病卒……愿上帝的特使——蒙狄尔安息。阿门！"

《科学时代》，1981年第5期

复　活

刘继安

实验室内黄色的指示灯闪烁着，此时已是午夜零点。"这么晚了，有谁来呢？"张婷开启警戒扫描电视，屏幕上出现了她的丈夫、分子生物学理论研究所主任沈奇的形象。

沈奇已在两个多月前因心肌梗死猝然死亡，现在居然出现在眼前，这叫张婷万分惊愕！

张婷来到宿舍，叫醒了沈奇的助手魏雨和李云，他们一起来到沈奇的实验室，打开自动录像机，屏幕上果然出现沈奇在实验室活动的情景。

院长获悉后，认为此事不宜公开，以免造成全院混乱。于是，便责成他们三人进行秘密调查，并监视沈奇的活动。

张婷想起在去年春天举行的国际分子生物学术会议上，沈奇提出了最新的理论，用破译生命密码的方法，掌握合成各种蛋白质的秘诀，集各种生物之长，创造出一种新的物种。研究基因工程的谢超尖锐地指出这很难实现，会上两派展开了激烈的争论。沈奇在优生设计方案即将获得成功的前夕突然死亡，现在又突然“复活”，难道其中和谢超有什么关系吗？

生物科学研究院的学术年会召开了，所属的研究所和实验单位的专家都参加了会议，唯独基因工程实验研究所所长谢超没有来。人们纷纷询问谢超的助手威尔逊先生，可他却闭口不语。

会议刚开始，沈奇进来了，大厅里一阵哗然，张婷上台无比激动地说："几天前我见到丈夫突然回来，与大家此时一样地惊愕，甚至把他当成机器人。现在，只有威尔逊先生能揭开这个谜底。"

威尔逊上台向大家报告了情况：正当谢超的实验遭到挫折，想得到沈奇的理论指导时，沈奇却心脏病发作而死亡了。谢超想到优生设计方案的具体内容还装在沈奇的脑中，一定要想办法使沈奇复活。他以供解剖用的女尸换出沈奇的尸体后，要威尔逊动手把谢超自己的心脏移植给沈奇，威尔逊下不了手，当晚谢超就命令机器人完成了这个手术。威尔逊在悲痛之余，遵照谢超留下的嘱咐，在沈奇从昏睡中完全恢复过来后，把他送了回去，而谢超的尸体却仍藏在冷库里。

听了威尔逊的讲述，沈奇失声痛哭起来，会场上的人们都被谢超的崇高行为所感动。

当晚，沈奇夫妇带着助手赶到谢超的基因工程实验研究所，打开一台电视机，他们见到谢超的遗体浸泡在冷库容器里。沈奇肃立了10分钟，才向威尔逊问了这里的研究情况，然后取出自己的研究报告，对威尔逊说："我要尽我最大的努力，让谢超的人造器官的实验得以成功，使谢超复活，和我们一起驰骋在科学天地里！"

《科学文艺》，1981年第3期

湖边奇案

刘继安

舒宁的科研成果泄密后不久，在校园的“莲清池”畔，有人又发现了一具泡得发胀的男尸。

公安局的夏处长希望舒宁协助他们对尸体进行解剖。不料，第二天一早尸体不见了！舒宁赶到实验室，只见剩下一层褐色的黏稠液体。他舀了一点儿黏稠液体，放在烧杯里。经化验，发现里面有一种奇特的细菌。这种细菌的消化功能大得惊人，能在三小时内，把小白鼠的躯体吞食得干干净净！

这几天来，不知什么原因，仪器保管员陈良手臂和身上长满了湿疹，痒得难受。陈良住院后，舒宁等去看他。舒宁问了陈良的病情后，从衣兜里掏出针管，准备给他注射。陈良脸色陡然变青："你用的是什么药？""用的是你给尸体注射的药！"陈良听了，从床上跳下，扑向舒宁，旁边两个身强力壮的男"护士"，立刻把他按在床上。舒宁对陈良说："你的湿疹，是由死者被害的湖边的葫芦藓孢子刺激引起的。我们在你的更衣箱中已发现了这种孢子，这说明你到过发案地点，时间正是被害人死去的那天凌晨。"

原来，被害者王小刚与陈良在一次旅途中，认识了C.P. 化学托拉斯的一个工业间谍，陈良利用王小刚每年赴港探亲的机会，把舒宁的科研成果递送出去。最近，王小刚想洗手不干，陈良就把他骗至湖边谋杀了，后来案情败露，陈良又用一种新细菌销尸灭迹。

《科学文艺》，1981年第5期

白血姑娘

刘建中

血癌研究所的宿舍里，血液学研究员张乃童聚精会神地注视着电视屏幕，这位性格孤僻、郁郁寡欢的科研人员，这几天一反常态，每天晚饭后就观看在北京举行的世界杯体操赛。主要原因是上届世界体操赛全能冠军获得者缪姗姗吸引着他。她是他中学同学，曾有过一段特殊感情。这次世界杯赛她能否夺魁，他十分关注。

今天是世界杯体操赛冠军争夺赛，电视刚开始，图像却长时间静止不变，张乃童正在奇怪，女播音员神情忧伤地宣布：缪姗姗患爆发性恶性血癌，生命只能维持24小时。按照惯例，缪姗姗不能参加决赛则为弃权，由捷克选手依丽卡娃得到冠军。这意外的消息使张乃童震惊极了。他发疯般冲出门去，来到“氟溶胶DAB实验室”，打开密码暗锁取出一个小小的药瓶，抓起电视电话向所长请示，他想以“氟溶胶DAB”去北京抢救缪姗姗。老所长不同意拿还没有经过动物试验的新药给人治病，在张乃童苦苦哀求下，所长被感动了……张乃童带药赶往北京。

北京民卫医院768病室里，几位血癌专家正在抢救缪姗姗，她的未婚夫陈回诗在一旁悄悄地哭泣。就在这时，张乃童在几个医生的陪同下进入了病室。陈回诗、张乃童和姗姗都是中学同学，他们俩后来成了“情敌”。姗姗在昏迷中听到张乃童的声音，睁开了眼用微弱的声音向张乃童打招呼。张乃童和医生交换了意见，拿出“氟溶胶DAB”亲自给姗姗注射，然后坐在床边观察病人的变化。直到天亮，病人病情还在继续恶化，急得他额上直冒汗珠。

张乃童看到姗姗并无好转，但也没有药物中毒现象，便大胆地加大了剂量。过了两个小时，缪姗姗体内癌细胞扩散被抑制住了。于是张乃童继续注射，直到缪姗姗体内的红色血液完全被白色的人造血液所代替。这人造血就是张乃童他们试验成功的“氟溶胶DAB”，它跟雪一样白，性质和真血一样。

缪姗姗终于得救了。陈回诗在她病势垂危的时候离开了她，只有张乃童一直守在病床边。后来他们终于弄清楚，正是陈回诗从中挑拨，才使缪姗姗和张乃童分手的。

缪姗姗完全复原了，并在世界女子体操赛上夺得了冠军。张乃童和缪姗姗这对有情人终成眷属。

《科学文艺》，1981年第1期